Steffen Lukas
Maximilian Reeg

# SINNLOS-MÄRCHENBUCH
# Vol. 1

*auf sächsisch!*

Herausgegeben von Maximilian Reeg,
mit freundlicher Unterstützung von RADIO PSR

Copyright © 2020 by Maximilian Reeg & Steffen Lukas
Herstellung und Verlag: Books on Demand GmbH,
22848 Norderstedt, Deutschland
Satz: Germaine Paulus

November 2020
Alle Rechte vorbehalten
ISBN: 9-783752-628562

# Inhalt

# Vorwort
der Gebrüder Wilhelm und Jacob Grimm

Liebe Leserinnen, liebe Leser!

Oft wurde uns in den vergangenen Jahrhunderten vorgeworfen, die von uns gesammelten Märchen seien sinnlos, ihnen fehle jede Moral, sie seien grausam, blutrünstig und einfach total veraltet.

Diese Kritik haben wir uns sehr zu Herzen genommen und Grimms Märchen vollkommen neu erzählt. Die neuen Geschichten sind ebenso sinnlos, ihnen fehlt jede Moral, sie sind grausam, blutrünstig – aber total modern! Und das ist doch super!

Leider macht sich auch bei uns, im sächsischen Märchenwald, oft der Fachkräftemangel bemerkbar. Nicht selten müssen wir Prinzenrollen mit totalen Flachzangen besetzen. Was heutzutage als Prinzessin durchgeht, hätte vor zweihundert Jahren höchstens die Schweine hüten dürfen. Und auch das nur unter strenger Aufsicht.

Bei uns bewerben sich nicht selten ein Meter neunzig große Zwerge, Hexen ohne Buckel und Besenführerschein, kleinwüchsige Riesen, vegetarische Menschenfresser und gestiefelte Köter – und wir müssen zusehen, wie wir mit diesem Sammelsurium von komplett unterqualifizierten Pfeifen einen halbwegs geordneten Märchenbetrieb hinbekommen.

Unser Ziel ist, Ihnen ein möglichst unbeschwertes Märchenerlebnis zu bieten, wie Sie es von uns – seit hunderten von Jahren – stets erwarten durften!

Wenn uns das nicht immer gelingt, so bedenken Sie bitte, wie schwer die Arbeit mit verhaltensauffälligen Märchendarstellern ist.

Und wenn Sie nicht gestorben sind, dann können Sie jetzt anfangen, zu lesen!

Ihre Gebrüder

*Wilhelm* & *Jacob Grimm*

*Vorstandsvorsitzende*
*der Gebrüder Grimm Märchenholding AG*
*und geschäftsführende Gesellschafter*
*der Märchenmatrix-BetriebsGmbH*

# Schneewittchen
# und die sieben
# schwer erziehbaren Zwerge

*E*s war einmal mitten im Winter, und die Schneeflocken fielen wie Federn vom Himmel herab. Da saß
die liebe Kinderärztin Frau Dr. Bärbel Butterblume
aus Ottendorf-Okrilalala an einem Fenster, das einen
Rahmen von schwarzem Ebenholz hatte und sortierte
ihre Impfstoffspritzen. Und wie sie so sortierte und
nach dem Schnee aufblickte, stach sie sich mit einer
Spritze in den Finger, und es fielen drei Tropfen Blut
in den Schnee. Da rief sie: »Also, Masern und Mumps
krieg' ich jetzt schon ma' nich' mehr.« Und weil das
Rote im weißen Schnee so schön aussah, dachte sie
bei sich: »Ach, hätt' ich doch e' Kind, so weiß wie
Schnee, so rot wie Blut und so schwarz wie der nette
Schornsteinfeger, der mich immer besuchen kommt,
wenn mein Mann nicht da ist. Das wär' schön!«

Bald darauf bekam sie ein Töchterlein, das war
so weiß wie Schnee, so rot wie Blut und so schwarz
wie der nette Schornsteinfeger. Und weil der Name
Schneewittchen schon besetzt war, nannte sie es fortan: Katharina. Katharina Wittchen. Aber bald nachdem das Kind geboren war, ward die liebe Kinderärztin Dr. Bärbel Butterblume krank. Und bald darauf
starb sie an allem, außer Masern und Mumps.

Ein Jahr später nahm sich der verwitwete Dr. Butterblume eine neue Frau.

Die Direktorin des Pizzalozzi-Gymnasiums in Wurzen Herzegowina, die Oberstudienrätin Renate Eisenpferd. Sie war schön wie der Sommerwind, und duftete so lieblich wie eine Bockwurst von der Tanke, aber sie war stolz und übermütig und konnte gar nicht leiden, wenn jemand mehr Follower bei Instagrimm hatte, als sie selbst. Sie hatte ein funkelndes iPad, schaltete es an, öffnete das Nachrichtenmagazin Spieglein-online und fragte:

*»Spieglein-online aufm Pad, wer hat die meisten Follower im Net?«*

Sogleich antwortete das iPad:

*»Oberstudienrätin Renate Eisenpferd, Ihr habt die meisten Follower im Net.«*

Da war sie zufrieden, denn sie wusste, dass Spiegleinonline immer die Wahrheit sagte. Katiwittchen aber wuchs heran, und als sie ihr erstes Handy bekam, hatte sie fünf Minuten später mehr Follower bei Instagrimm als Renate Eisenpferd bei bösestiefmutter. de. Eines Tages fragte die böse Stiefmutter erneut ihr iPad:

*»Spieglein-online aufm Pad, wer hat die meisten Follower im Net?«*

Und Spieglein-online antwortete:

*»Frau Eisenpferd, Ihr habt die meisten Follower,*
*aber Katiwittchen hat hunderttausend mehr.«*

Da erschrak die Oberstudienrätin und sah vor Neid
aus wie ein kleines grünes Kotz-Smiley. Von Stund'
an, wenn sie Katiwittchen erblickte, bekam sie zweihundert Puls, so sehr hasste sie das Mädchen! Und der
Neid und Hochmut wuchsen wie ein Dispokredit in
ihrem Herzen, immer höher, dass sie Tag und Nacht
keine Ruhe mehr hatte. Da rief sie den Hausmeister
vom Pizzalozzi-Gymnasium und sprach: »Bringe das
Mädchen hinaus in den Wald und nimme der das
Handy weg, so dass sie auf der Stelle stirbt, wie jedes
andere Kind, dem man das Handy wegnimmt! Zum
Beweis bringe mir ihren Akku und die SIM-Karte!
Und nu' hopphopphopp!«

Der Hausmeister gehorchte und führte Katiwittchen in das tiefste und dunkelste Funkloch, mitten im
sächsischen Märchenwald. Doch in dem Moment, als
er ihr das Handy entreißen wollte, fing Katiwittchen
an zu weinen und sprach: »Ach, lieber Hausmeister, lasse mir mein Handy! Ich will auch die ganzen
Sommerferien über auf dem zugefrorenen Märchen-
waldteich Eiskunstlauf trainieren und mich nie wieder blicken lassen. Alder, ich schwör!« Da hatte der
Hausmeister Mitleid und sprach: »So laufe doch den
Sommer über Eis, du armes, dummes Kind!«

Er dachte, ihr Akku würde ohnehin bald leer sein,
und so wäre ihr Tod nur eine Frage der Zeit – und

11

doch war's ihm, als wäre der Basteifelsen von seinem Herzen gebröckelt, und er dachte bei sich: »Ach, scheiß drauf! Hauptsache, ich war's ne!« Und als gerade der elfjährige Tobias K. daher gesprungen kam und »Das ist alles nur geklaut …!« sang, da zog ihm der Hausmeister das Handy ab; und schnell brachte er der bösen Oberstudienrätin Akku und SIM-Karte zum Beweise. Da war Renate Eisenpferd zufrieden und postete vor Freude einen vierstündigen Flossen-Dance von sich auf bösestiefmutter.de.

Nun war das arme Mädchen in dem großen Funkloch mutterseelenallein, und es irrte umher auf der Suche nach Empfang. Katiwittchen lief so lange, bis sich ihr Handy in ein tschechisches Mobilfunknetz einbuchte. Da sprach sie zu sich: »Scheiße, hier bin ich falsch, was willschn bei de' Tschechen?« So drehte sie geschwind um und rannte dahin zurück, woher sie gekommen war. Als es dunkel ward, da sah sie einen kleinen Bungalow und wollte hinein, um sich auszuruhen. Es war ein sehr niedriger Bungalow mit einer Haustür, kaum größer als eine Katzenklappe. Sie kroch auf allen vieren hinein und innen war es so unordentlich, versifft und stinkig, dass sie erstmal eines der winzigen Fensterlein öffnen musste.

Da stand ein schmuddeliges Tischlein mit sieben kleinen Papptellerlein voller Essensreste. Jedes Tellerlein mit seinem Plastelöffelein, ferner sieben Messerlein und Gäbelein und sieben Döslein Red Bull. Auf dem Boden lagen sieben Matratzen, die waren so alt, dass man selbst im Matratzenmuseum keine älteren findet. Darauf lagen löcherige Decken, in denen die Bettwanzen ausgelassenen Polka tanzten.

Katiwittchen, weil es so hungrig und durstig war, aß von jedem Tellerlein ein paar alte, kalte, trockene Pommes und trank aus jedem Döslein ein paar Tröpflein Red Bull. Und weil sie für Speis und Trank so dankbar war, machte sie sich gleich daran, alles fein säuberlich aufzuräumen. Dann wurde sie müde und legte sich auf eine der prähistorischen Matratzen, wobei ihr Kopf und ihre Füße weit über das Ende hinausragten.

Als es ganz dunkel geworden war, kamen die Bewohner von dem Bungalow heim. Das waren die sieben schwer erziehbaren Zwerge. Die komplette letzte Reihe der Klasse 5b des Pizzalozzi-Gymnasiums in Wurzen-Herzegowina, die von der bösen Oberstudienrätin Renate Eisenpferd zur Erlebnistherapie ins Kinderbergwerk geschickt worden war, wo sie tagein, tagaus nach Erz hackten und gruben. Sie starteten auf ihren sieben Handys ihre sieben Steigerlampen-Apps und wie es nun hell im Bungalow ward, sahen sie, dass jemand darin gewesen war und alles picobello aufgeräumt hatte. Und statt sich zu freuen, da ärgerten sich der Zwenni, der Mirko, Gernot, Torsten, Justin, der Katrin und der Honzak, die sieben schwer erziehbaren Zwerge.

Der Zwenni sprach: »'s geht wohl los, oder was?«

Der Mirko rief: »Welcher Depp hat meine alten, kalten Pommes gefressen?«

Der Gernot fluchte: »Wo sind meine Scheiß-Sneakers?«

Der Torsten war entsetzt: »Wer hat mein' Red Bulll weggesoffen?«

Der Justin tobte: »Wo is'n mei' Ladekabel, ich wer' glei' bleede hier!«

Der Katrin sank auf seine Zwergenknie und reckte seine Zwergenärmchen anklagend zum Himmel: »Wieso is'n die Playstation aus? Ich habe mein Spielstand nich' gespeichert!«

Und der Honzak fragte: »Saggt einmaaal, wiso rrriecht das hier so nach Eiskunstläufärin?«

Dann sah sich der Zwenni um und sah, dass über seine Matratze ein Paar Füße mit Schlittschuhen ragten. Da rief er die andern, die kamen herbeigelaufen und betrachteten ausgiebig das schlafende Katiwittchen. Sogleich riefen sie: »Das gibt's doch balde gar ne, die is' ja in Echt noch schöner als im Playboy! Und jünger isse ooch!« Sie ließen das schöne Mädchen schlafen, und als die Nacht vorbei war und Katiwittchen erwachte und die sieben schwer erziehbaren Zwerge sah, so erschrak sie wie ein Großmütterlein auf dem Zebrastreifen vor einem heransausenden Müllwagen. Doch Zwenni, Mirko, Gernot, Torsten, Justin, Katrin und Honzak waren freundliche, schwer erziehbare Zwerge und bereiteten dem Katiwittchen sogleich ein üppiges Frühstück aus alten, kalten Pommes und angetrocknetem Ketchup.

Katiwittchen fragte: »Wollt ihr denn gar nicht wissen, wie ich heiße?«

Da riefen die sieben schwer erziehbaren Zwerge: »Kannste steckenlassen, Alter, wir folgen Dir doch schon lange bei Instagrimm!« Und alle sieben gaben sich gegenseitig fünf, dass es nur so klatschte. Sie fragten: »Was machst Du denn eigentlich in unserem Bungalow? Bist Du ooch schwer erziehbar und dorheeme abgehauen?«

Da erzählte Katiwittchen, dass ihre böse Stiefmutter sie habe umbringen wollen, aber der Hausmeister ihr das Handy gelassen und ihr somit das Leben geschenkt hätte. Außerdem wäre sie um ein Haar bei den Tschechen gewesen, doch zum Glück habe sie dann den kleinen Bungalow entdeckt. Die Zwerge sprachen: »Von uns aus kannst Du hierbleiben, aber Du musst uns versprechen, dass Du nich' dauernd offräumst wie 'ne Bekloppte.«

»Jaa«, sprach Katiwittchen, »von Herzen gern!« und blieb bei ihnen. Von da an räumte sie nie mehr auf, sondern hielt nur noch die Unordnung sauber.

Morgens gingen die sieben schwer erziehbaren Zwerge ins Kinderbergwerk und suchten Erz und Gold, und sie sangen fröhlich:

> *»Wir sind die sieben Zwerge,*
> *Das sind fünf mehr als zwei!*
> *Und dass mir schwer erziehbar sin'*
> *Geht uns am Arsch vorbei!«*

Und wenn sie abends wieder heimkamen, da servierte ihnen das Katiwittchen schon ihr Leibgericht, alte, kalte Pommes, so dass es für alle eine große Freude gewesen ist. Weil aber das Katiwittchen den ganzen Tag alleine im Bungalow war, so warnten es die lieben sieben schwer erziehbaren Zwerge und sprachen: »Passe off Katiwittchen, zwee Sachen: Erschdens, mache bloß nich' off, wenn die Polente vor der Türe steht, und zwootens: Nimme Dich in Acht vor deiner Scheiß-Stiefmutter, der bösen Direktorin Renate Eisenpferd! Nich', dass die am Ende längst mitgekriegt hat, dass Du immer noch Empfang off 'n Handy hast!«

Die böse Oberstudienrätin aber, nachdem sie Katiwittchens Akku und SIM-Karte in die Wertstofftonne geworfen hatte, dachte nicht anders, als wäre Katiwittchen in alle Ewigkeit offline und fragte zur Beruhigung ihr iPad:

>»Spieglein-online auf dem Pad, wer hat die meisten Follower im Net?«*

Da antwortete Spieglein-online:

>»Frau Eisenpferd, Ihr habt die meisten Follower,
Aber Katiwittchen in den Zittauer Bergen,
bei den sieben schwer erziehbaren Zwergen,
die hat noch hundortfuffzschtausend mehr!«*

Da erschrak sie, denn sie wusste, dass Spieglein-online immer die Wahrheit sprach. Und sie merkte, dass der Hausmeister sie betrogen hatte und Katiwittchen immer noch online war. Und da trachtete sie aufs Neue nach ihrem Leben, denn der Neid ließ ihr keine Ruhe. Und als sie sich endlich etwas ausgedacht hatte, färbte sie sich das Gesicht und verkleidete sich. Sie hängte sich einen langen fusseligen Bart um, zog sich ein Holzfäller-Hemd, Jeans und Hosenträger an, so dass sie gleich aussah wie ein Hipster vom Prenzlauer Berg. Sie stopfte sich eine Pfeife mit biologisch abbaubarem Tabak aus fairem Handel, setzte sich eine dämliche, dicke Brille auf und nichts mehr an ihr erinnerte noch an die schreckliche Direktorin Renate Eisenpferd. Alsbald machte sich die listige Alte als Hipster mit einem Bauchladen voller Äppel-iPhones auf in den sächsischen Märchenwald. Sie kam zu dem Bungalow der sieben schwer erziehbaren Zwerge und klopfte an die Türe.

Katiwittchen guckte zum Fenster hinaus und rief: »Guten Tag, lieber Hipster vom Prenzlauer Müllberg! Was bietest Du denn feil?«

»Hipsterbedarf, feinster Hipsterbedarf!«, antwortete die böse Direktorin mit tiefer Stimme, »Ich hab' alles von Äppel! Eifohns, Zweifohns, Dreifohns, was Dein Herz begehrt!« Da freute sich das Katiwittchen, kratzte alle ihre Taler und noch viel mehr zusammen und kaufte dem Hipster sein überteuertes Gelumpe ab. Ausgelassen tanzte das Katiwittchen nun mit ihrem neuen Äppelprodukt durch den Bungalow, drehte mehrere Biermann-Pirouetten, sprang einen achtfachen Rittberger und neben dem Toeloop noch zwei Dreifach-Axel, und dabei hüpfte sie so fröhlich auf und nieder, dass sie immer wieder mit dem Kopf volles Rohr gegen die niedrige Zimmerdecke knallte. Das konnte nicht lange gut gehen, liebe Kinder, und als auf ihrem Kopf kein Platz mehr für weitere Beulen war, da fiel sie vor Freude tot um.

Die böse Direktorin Renate Eisenpferd sah alles

durch das kleine Bungalowfenster und lachte grausig. Und sie freute sich, wie sich nur das Böse freuen kann, und sprach: »Mein Gott, is' die bleede! Weiß wie Schnee, rot wie Blut, schwarz wie der Schornsteinfeger – das kannste Dir ab jetzt von der Pupe schmatzen, mei' Frollein!« Sie lief sogleich nach Hause ins Pizzalozzi-Gymnasium Wurzen-Herzegowina und fragte ihr iPad:

»*Spieglein-online auf dem Pad, wer hat die meisten Follower im Net?*«

Da antwortete Spieglein-online:

»*Frau Eisenpferd, das is' ni' schwer,*
*das Katiwittchen gibt's ni' mehr,*
*sie ham die meisten Follower.*«

Da hatte ihr neidisches Herz Ruhe, so gut ein neidisches Herz eben Ruhe haben kann. Die sieben schwer erziehbaren Zwerge, wie sie abends nach Haus kamen, fanden Katiwittchen tot auf der Erde liegen. Die Zwerge, die außer *Erste Hilfe* in der Schule nichts gelernt hatten, versuchten sich reihum an einer Mund-zu-Mund-Beatmung, doch alles half nichts.

Das liebe Katiwittchen hatte das Löffelein abgegeben, die zierlichen Hufe hochgerissen und war über die Wupper gegangen. Ewige Jagdgründe, Garantie abgelaufen, Klappe zu, Affe tot, Tschö mit ö, aus die Maus!

Da weinte der Zwenni, da schluchzte der Mirko,

der Gernot flennte, der Torsten greinte, der Justin feenzte, der Katrin heulte, und der Honzak verstand voll all dem nichts, denn er war Tscheche.

Der Gernot rief: »So eine Scheiße mit der Scheiße! Wer soll uns denn jetzt alte kalte Pommes machen, wenn wir aus dem Kinderbergwerk kommen?«

Der Torsten sprach: »Was machmor denn jetzt mit der? Für tote Oma ist die zu jung!«

Und der Katrin sagte: »Die kömmor eigentlich bloß noch in die Tonne kloppen!«

Da wurden die anderen Zwerge sehr zornig und verabreichten dem Katrin eine All-you-can-eat-Portion Klassenkeile und riefen: »In die Tonne, du Spacko? Du hast se wohl ni' mehr alle? Mir sin' schwer erziehbar! Mir hau'n freiwillig gar nüscht weg! Müll rausbringen is' ooch nüscht anderes als aufräumen, Du Vochel!«

Die Zwerge ließen das Katiwittchen an Ort und Stelle liegen, doch weil sie fortwährend darüber stolperten, steckten sie das hübsche Mädchen in die Glasvitrine ihrer Zwergenschrankwand. Alsbald kamen alle Tiere des Waldes herbeigelaufen: der Uhu, der Auerhahn, ein Elefant und ein Biber, der Osterhase, ein schwarzgelber Schwanzlurch, eine dämlich dreinblickende, grüne Kröte mit einem goldenen Krönchen und zwölf Vollmeisen. Alle weinten sieben Tage und Nächte um das arme Katiwittchen.

Nun lag das Mädchen lange, lange Zeit in der Glasvitrine und blieb so frisch wie am ersten Tag. Sie war so weiß wie Schnee, so rot wie Blut und so schwarzhaarig wie ein Schornsteinfeger und sah aus, als ob sie schliefe. Dann geschah es, dass der schöne Enrico aus Burgstädt zu dem Bungalow kam und um Einlass begehrte. Die sieben schwer erziehbaren Zwerge öffneten die katzenklappenkleine Türe und riefen: »Mache Dich vom Acker, Du Eierfeile!«

Da sprach der schöne Enrico: »Habt Erbarmen, Ihr sieben schwer erziehbaren Zwerge! Kann ich bitte ma' umständehalber Eure Toilette benutzen, ich muss ma' ganz dringend pullern!«

Die Zwerge erwiderten: »Vergiss es, Alter! Mir kackorn ooch bloß in' Märchenwald!«

Doch der schöne Enrico hatte längst die Glasvitrine erspäht, in dem das schöne Katiwittchen lag, und das tätowierte Herz auf seiner Schulter entflammte in Liebe. Da sprach er zu den sieben schwer erziehbaren Zwergen: »Lasst mir die Schrankwand mit Vitrine, bei Grimmbay werden die Dinger für fuffzsch Taler gehandelt, ich gebe euch hundert!«

Und weil die sieben schwer erziehbaren Zwerge dringend Geld für Zauberpilze brauchten, so gaben sie ihm schweren Herzens die Vitrine mit dem schönen Katiwittchen. Der Enrico rief sogleich seine Kumpels vom Moped Klub *Heiße Feile Burgstädt*, den Ricki, den Kralle, den Sterni und seinen besten Kumpel, den Fussel. Diese trugen auf ihren Schultern die Schrankwand mit Vitrine hinfort.

Es begab sich aber, dass sie über ein Skoda-Radkäppchen am Wegesrand stolperten und die Vitrine laut krachend zu Boden fiel. Dabei rumste Katiwittchen mit dem Kopf derart gegen die Schrankwand, dass sie augenblicklich die Augen aufschlug und aus ihrer tiefen Ohnmacht erwachte. Und sie sah die Sonne über der Burgstädter Landstraße und freute sich, dass sie noch am Leben war.

Sie rief: »Könnt Ihr nich' offpassen, Ihr Idioten?« und stieg aus der Vitrine: »Un' überhaupt? Wieso schleppt Ihr mich eigentlich in 'ner blöden, alten Schrankwand mit Vitrine über die Burgstädter Landstrasse? Ihr seid wo' vollkommen irre geworden! Zweehunnort Puls hab' ich balde, doooo … In nor alten Schrankwand, ich wer bleede! So. Un' jetz' bin ich ma' gespannt, wie Ihr mir das erklären wollt, Ihr Flachzangen!«

Da erschrak der schöne Enrico, denn Katiwittchen hatte ihren Zeigefinger durch seine zweieurostück-großen Ohrtunnel gesteckt und ihm die Tunnelohren gehörig langezogen. Doch weil sie so schön war wie ein junges Morgengrauen, da sah er es ihr nach und erzählte ihr alles, was sich bisher zugetragen hatte. Da verstand das Katiwittchen, dass der schöne Enrico ihr gut war, und die Freude war groß!

Der schöne Enrico freute sich, dass Katiwittchen nicht abgewuppert war, Katiwittchen freute sich, dass der schöne Enrico schön war, und der Ricki, der Kralle, Sterni und der Fussel freuten sich, dass sie die scheißschwere Schrankwand mit Vitrine nicht mehr schleppen mussten.

Der schöne Enrico aus Burgstädt sprach voller Freude: »Du hast zwar immer noch e' Riesen-Ei am Kopp, aber mit 'ner Schnitte wie Dir kammer bei sein' Kumpels prima angeben! Komme mit in meines

21

Vaters Fertighaus, ich will nämlich mit Dir gehen.«

Das Katiwittchen rief: »Ach, wisst Ihr was, ich nehm' Euch alle fünfe, und mir gründen 'ne Bande, dann wird mir nie mehr langweilig!«

Da stieg das Katiwittchen wieder in die Vitrine und sie trugen sie zum Fertighaus des Vaters des schönen Enrico. Kaum angekommen freuten sich alle und feierten in der Partygarage eine Riesenparty. Zu dem Feste hatten sie per WhatsApp alle Kontakte des sächsischen Märchenwaldes eingeladen, auch die böse Direktorin Renate Eisenpferd. Wie die sich nun mit einem neonfarbenen Schlauchkleid für die Party aufgebrezelt hatte, so trat sie sicherheitshalber noch einmal vor ihr iPad und sprach:

»Spieglein-online auf dem Pad, wer hat die meisten Follower im Net?«

Da antwortete Spiegel-online:

»Frau Eisenpferd, Ihr habt die meisten Follower, aber den Enrico seine neue Alte, die hat noch zweehundorttausend mehr.«

Da fluchte die böse Direktorin wie ein Teenager beim Onlinespielen! Als sie nun zu der Party kam, um Enricos neue Alte zu sehen, da erkannte die böse Direktorin Renate Eisenpferd das Katiwittchen in der Vitrine, und vor Wut platzte sie wie ein Ballon beim Kaktusmeeting und ward nimmermehr gesehen. Das

Katiwittchen aber wurde die neue Direktorin des Pizzalozzi-Gymnasiums Wurzen-Herzegowina. Und weil sie nun die Schlüssel für die Schublade mit den Zeugnisformularen hatte, schrieb sie dem Enrico, dem Ricki, dem Kralle, Sterni und dem Fussel heimlich ein Einser- Abiturzeugnis. Und der schöne Enrico bekam für seinen frisierten Hobel später den Hobél-Preis.

Und so lebten sie zufrieden und glücklich und schraubten fleißig an ihren Mopeds, an der Schrankwand mit Glasvitrine und abends, wenn Fuchs und Hase sich gegenseitig zum Teufel gewünscht hatten, und die Sonne über dem sächsischen Märchenwald untergegangen war, manchmal auch ein kleines bisschen am Katiwittchen ...

# Drei Käse für Aschenputtel

*E*s war einmal ein reicher Staubsaugervertreter aus Dresden-Herzegowina, der hatte eine gesunde, junge Frau. Doch eines Tages rief sie ihr einziges Töchterlein zu sich an die Couch ins Wohnzimmer und sprach: »Liebe Ursula, ich muss jetzt auf der Stelle sterben! Aber ich will vom Himmel aus, durch das Ozonloch, auf Dich herabblicken und immer auf Dich achtgeben! Bleibe schön brav und mache kein' Mist.«

Da sagte die Tochter: »Sagema, Mutti? Hast Du 'ne Meise? Du bist doch jung und gesund!«

Doch ihre Mutter sprach: »Wahrlich, Du bist nich' die hellste Kerze auf der Torte, mein Kind. Aber Du musst versteh'n: Das Märchen kann erscht los geh'n, wenn Du 'ne böse Stiefmutter hast. Und deshalb muss ich mir die Radieschen jetzt ma' von unten angugcken! Machs atsche!«

Darauf tat sie die Augen zu und ward nimmermehr gesehen. Das Mädchen Ursula aber ging jeden Tag hinaus zu dem Radieschenbeet und weinte und blieb auch ein kleines bisschen brav.

Und als der Vater es eines Tages leid war, sein Bier selbst zu holen, so fand er im Internet bei märchenwaldpartner.de eine neue Frau: die ukrainische Ex-

Kugelstoßerin und heutige Diplomhufschmiedin Belinda Hammerbrei. Sie war so groß wie ein Garagentor und so liebreizend wie eine Schrottpresse, hatte einen Damenbart, den ganzen Rücken runter, und sie sprach: »Ich habe bei der Wahl zur größten Schreckschraube des Märchenwalds auf Anhieb die erschten drei Plätze belegt! Aber wer denkt, das wär' schon alles, der kennt meine Töchter noch nicht!«

Die böse Frau Hammerbrei hatte nämlich zwei Töchter mit ins Haus gebracht, Anette und Tourette, die waren sowohl schön als auch blöd, also schön blöd, und hatten die prächtigsten Arschgeweihe und kleine süße Pommesbäuchlein, die lustig aus ihren Metallic-Leggins hopsten. Aber sie waren garstig wie eine Handvoll Holzschrauben im Vanillepudding.

Von Stund' an wurde das arme Stiefkind Ursula von den bösen Stiefschwestern gemobbt.

»Los! Die schmeißen wir aus der WhatsApp-Gruppe«, sprach Anette.

»Ich hab die längst – *düdelüü* – entfreundet bei – *zack huup* – Facebook – *pieeep* –!«, sagte die Tourette.

Sie nahmen der armen Ursula alle Markenklamotten und ihr iPhone weg, gaben ihr Leggins aus dem Märchenwald-Ein-Euro-Shop, malten ihr mit Edding einen Schnurrbart an und setzten ihr ein Nudelsieb auf den Kopf.

»Guck sie dir an, die – *zack huup* – schöne Ursula – *düdelüü* –!«, spottete die Tourette.

»Die kammor ja nich' ma' als Vochelscheuche nehm', das wär' nämlich Tierquälerei!«, rief die Anette. Und darauf führten sie sie in das Hufnagelstudio ihrer Mutter, der bösen Diplomhufschmiedin Belinda Hammerbrei.

Im Hufnagelstudio musste sie von Morgen bis Abend schwere Arbeit tun, herumliegende Hufeisen zusammenfegen und den Amboss spazieren tragen. Und sie musste immer heiße Asche in die Plastemülltonne einfüllen, obwohl orange umrahmt darauf geschrieben stand: »Keine heiße Asche einfüllen!« Und weil die Plastemülltonne jedes Mal lichterloh brannte, da ward sie ganz schwarz im Gesicht. Und ihre Frisur ward zottelig wie ein Bärenhintern und rauchte immer ein kleines bisschen, ganz so, als hätte sie sich mit einem Blitzknaller gekämmt. Und weil Ursula nun aussah wie das Aschenputtel aus dem Märchen, so nannten sie es fortan Aschenursel.

Es trug sich zu, dass einmal der schöne Käse-Mike mit seinem Hengst Enduro in das Hufnagelstudio der bösen Diplomhufschmiedin Belinda Hammerbrei kam und rief: »Hier, folgendes: Machste ma' bitte bei mein' Hengst 'ne Unterbodenpflege, e' paar blonde Schwanzextensions und dazu Hufnagellack ›Aubergine-Metallic‹. Und zwar zackig, sonst zerläuft mir dorheeme der Käse!«

Und als die bösen Schwestern Anette und Tourette den schönen Käse-Mike erspäht hatten, da fürchteten sie, dass er Gefallen an dem Aschenursel finden könnte, denn sie war trotz ihrer angekokelten Erscheinung immer noch hübscher als Anette und Tourette zusammen. Und so stülpten sie ihr geschwind einen Wohnzimmerlampenschirm mit Fransen und kleinen Bommeln über den Kopf, so dass der Käse-Mike getäuscht wurde und nur noch eine auffallend schöne Stehlampe sehen konnte.

Nachdem der Hufnagellack getrocknet war, ritt der schöne Käse-Mike auf seinem Hengst Enduro von dannen und rief: »Mädels, falls Ihr das Plakat an der Bushaltestelle noch nich' gesehen habt: Bei mir, in meinem prächtigen Sportlerheim aus purem Käse, steigt in drei Tagen eine Riesenparty! Da kommt der DJ Scheibletti und legt e' paar heiße Käsescheiben off, und übrigens, ich suche 'ne Freundin, und das is' jetzt keen Käse, ich will nämlich heiraten!« Sprach's und war verschwunden.

Da machten sich die bösen Stiefschwestern Anette und Tourette Hoffnung, er könnte eine von ihnen erwählen und sie beschlossen, zu der Party zu gehen und das arme, schöne Aschenursel so lange in den Kompottkeller zu sperren. Aber sie konnten sie nirgends finden, denn das Aschenursel war ja als Stehlampe verkleidet und so für das menschliche Auge unsichtbar geworden.

Das Aschenursel aber weinte wie eine löcherige Regentonne und lief zu dem Radieschenbeet ihrer Mutter. Und wie ihre Tränen auf das Beet herabfielen, so wuchs aus einem der Radieschen ein prächtiger Radieschenbaum, der voll der knackigsten, knallroten Radieschen hing und in dessen Ästen drei würzige, kleine Käse saßen, die fröhlich in der Abendsonne zwitscherten.

»Ich bin der Limburger!«, zwitscherte das eine

Käslein. »Und ich der Gorgonzola!«, tirilierte das andere. Und das dritte Käslein krächzte: »Grüß Dich, ich bin der Babybell, und falls du's noch ne weeßt, wir können zaubern. Mir sin' quasi die drei Zauberkäse. Also höre off zu heulen und wünsch dir was!«

Da dachte das Aschenursel lange nach und weil ihm nichts Gescheites einfiel, wünschte es sich ein Bügeleisen. Die drei Käse gehorchten und warfen ein nagelneues Dampfbügeleisen von dem Baum herab.

»Auaaaa!«, rief da das Aschenursel, rieb sich die Beule auf ihrer Stirn und sprach: »Na das war ja ooch wirklich e' Scheißwunsch, da wünsch ich mir doch lieber was anderes ... zum Beispiel ... hier, na ... sag schon ... ja! 'ne Bowlingkugel!« Und wieder gehorchten die drei Käslein auf dem Radieschenbaum und warfen eine prachtvoll glänzende Bowlingkugel herab.

Nachdem das Aschenursel aus seiner tiefen Ohnmacht erwacht war, sprach es zu den kleinen Zauberkäslein: »Ihr lieben Käslein, erschtema danke für die schöne Bowlingkugel, aber könnt ihr mir jetzt bitte ma' 'n Eisbeutel und zwei Aspirin runterschmeißen? Denn ich muss gleich nach Hause, die Gassirunde mit'm Amboss machen und heiße Asche in die Plastemülltonne einfüllen!« Die Zauberkäslein warfen sogleich alles herab, und das Aschenursel kühlte das Ei an ihrem Kopp, pfiff sich geschwind die zwei Aspirin ein und lief nach Hause.

Anette und Tourette hatten bereits ihre kürzesten Röckchen und hochhackigsten Schühchen aus der

Kiste mit ihrer Schulkleidung geholt. Und als sie ihre Mutter, die böse Hufschmiedin Belinda Hammerbrei, die auch jahrzehntelange Erfahrung im Heiratsschwindeln hatte, nach einem Rat fragten, so sprachte diese: »Ich will Euch Hufnägel aus Gel an Eure Hufe kleben und knallrot lackieren! Das haut den schönen Käse-Mike garantiert aus seinen hölzernen Sneakers!«

Und als das Aschenursel nach Hause kam, da musste es den beiden eine Gesichtsmaske aus feinstem Schmelzkäse auflegen, sie mit dem edelsten Eau de Frommage parfümieren und sie so für die Party bei dem Käse-Mike feinmachen. Aschenursel gehorchte, weinte aber, weil es auch gern zum Abhotten mit dem Käse-Mike mitgegangen wäre, und bat die Stiefmutter, die böse Diplomhufschmiedin Belinda Hammerbrei, sie möchte es ihm erlauben.

»Sage ma', Aschenursel, Du hast se wohl ni' mehr alle, gucke Dich doch ma' an, Du siehst ja aus, als hättest Du heiße Asche in die Plastetonne eingefüllt, obwohl groß und breit draußen dran steht ›Keine heiße Asche einfüllen!‹ – also, vergiss es! Und außerdem, Du hast doch gar nüscht zum Anziehen! Gucke Dir ma meine beiden bleeden Töchter an, die Anette und die Tourette, die haben Kleider so gülden wie mittelalter Gouda und Du, Du hast höchstens Kleider so löchrig wie Schweizer Käse!«

Doch als das Aschenursel gar nicht mit dem Ningeln aufhören wollte, nahm die böse ukrainische Ex-Kugelstoßerin ihren großen Hufnagellackkoffer und schmiss alle Fläschchen auf den Fußboden. Sie rief: »Das sortierste jetzt, mei' liebes Frollein, und wenn Du in zwei Stunden fertig bist, kannste ja hinterherkommen. Aber ich sage Dir glei', das schaffst Du nie!«

Da ging Aschenursel durch die Terrassentüre in den Garten und rief flehend: »Ihr lieben Käslein, all Ihr Käslein des Märchenwaldes, kommt und helft mir sortieren!«

Da kam sogleich ein Camembert gelaufen, ein Gouda-Rad angerollt und auch die drei Zauberkäslein vom Radieschenbaum kamen herbeigeflattert, der Limburger, der Gorgonzola und der Babybell.

Aschenursel sprach: »So helft mir sortieren, Ihr lieben Käslein!«

Aber die Käslein erwiderten: »Du hast wohl een an der Klatsche, wie sollen wir das denn machen, jedes Kind weeß, dass e' Käse farbenblind is'!«

Doch das Aschenursel erwiderte:

*»Macht Euch e' Köpfchen –*
*Ich geh' solang auf's Töpfchen«*

Sprach's und verschwand mit der Märchenwaldbildzeitung auf dem stillen Örtchen. Da besannen sich die Käslein darauf, dass sie ja zaubern konnten, und als das Aschenursel ohne Märchenwaldbildzeitung zurück kam, waren alle Hufnagellackfläschchen fein säuberlich sortiert.

Da rief sie erfreut: »Na also, geht doch, warum denn nich' glei' so! Und noch was: Ich bräuchte umständehalber ma' noch e' schönes Kleid. Ich kann ja schließlich nicht zur Party vom Käse-Mike gehen wie die Kelly Family!«

Da sprachen die Zauberkäslein:

*»Wir ham e' schönes Kleid für Dich*
*in unserem Käsenest,*
*komme mit zum Radieschenbaum,*
*da kriegst Du es!«*

Am Radieschenbaum angekommen, rief Aschenursel ungeduldig: »Ihr Zauberkäslein, nun werft mir ein Kleid herunter!«

Und die Käslein taten, wie sie ihnen geheißen hatte. Und als das Aschenursel die Ärmchen nach dem Kleide reckte, um es aufzufangen, da ward sie abermals niedergestreckt. Denn die drei kleinen Zauberkäslein hatten vergessen, das Kleid vorher aus dem Kleiderschrank zu nehmen.

Da sagte das Aschenursel: »Also langsam gloobe ich, Ihr macht das mit Absicht, Ihr Idioten!«

Doch die Zauberkäslein taten recht unschuldig, wurden ein kleines bisschen rot und gaben sich gegenseitig High five.

Gerade noch rechtzeitig zur langsamen Runde erschien das Aschenursel im Sportlerheim aus purem Käse bei der Party des schönen Käse-Mike. Die Stiefschwestern und auch die böse Stiefmutter Belinda Hammerbrei erkannten das Mädchen nicht, so schön sah es in dem goldenen Kleide aus, das ihr die Käslein vom Radieschenbaume geworfen hatten. Und außerdem sahen Anette und Tourette neben dem schönen Aschenursel sowieso aus wie zwei Schüsseln tote Oma neben der Helene Fischer. Weil Aschenputtel mit Abstand die schärfste Schnitte im Sportlerheim war, tanzte der Käse-Mike die ganze Nacht nur mit ihr. Und wenn ein anderer kam, es zu einem Lambada aufzufordern, so rief der Käse-Mike: »Nüscht is'! Mein Baby gehört zu mir!«

Und so tanzten sie alle, bis sich die alte Knusperhexe von nebenan beschwerte und die Märchenwaldpolizei an die Türe klopfte.

Der Käse-Mike sprach zum Aschenursel: »Ich bringe Dich natürlich nach Hause, das is' ja wohl klar – da könn' mir bei Dir im Hausflur noch e' bissel knutschen – spätere Heirat nicht ausgeschlossen!«

Da rief das Aschenursel: »Das hätteste wohl gerne! Du Schwerenöter, das täte Dir so passen!«, und sie zog ihren goldenen Pantoffel aus, haute ihn dem Käse-Mike einmal kreuzweise um die Ohren und rannte von dannen. Der schöne Käse-Mike aber kam in seinen Adidas-Holzpantoffeln nicht hinterher, und so entwischte ihm das schöne Aschenursel. Einzig der goldene Pantoffel war ihm geblieben.

Das Herz des schönen Käse-Mike stand aber vor Liebe längst lichterloh in Flammen. Nicht nur, weil Aschenursel den ganzen Abend nur Käse geredet hatte, nein, auch der Pantoffel, in den der Käse-Mike seinen gewaltigen, roten Riechkolben gesteckt hatte, duftete nach reifem Harzer Roller, mit einer feinen Note Doofe-Ziegen-Gouda. Da sattelte er seinen Hengst Enduro und ritt tagelang durch den Märchenwald, klopfte an jeder Türe und roch an jedem Schuh, den er in seine Käsefinger bekommen konnte. Doch keines der Schühchen duftete so lieblich wie der Pantoffel von Aschenursel. Statt nach Harzer Roller und einer feinen Note Doofe-Ziegen-Gouda, rochen die meisten Schühlein nur nach Umkleidekabine, Bauwagen oder verwesendem Iltis.

Als der schöne Käse-Mike nun aber zu der Diplomhufschmiede der bösen Belinda Hammerbrei kam und um Einlass begehrte, rief diese: »Haue ab, Du Vogel, wir koofen nüscht! Und spenden tun mir ooch nüscht! Un' über Gott will ich mit Dir ooch nich' reden, also mache, dass De fortkommst!«

Da sagte der Käse-Mike: »Also Momentema, jetzt kriegen Sie sich ma bitte wiedor ein! Ich wollte lediglich fragen, Frau Hammerbrei, kann ich ma' umständehalber an Ihren quadratischen Botten riechen?«

Da rief sie erbost: »Und pervers bist Du ooch noch! Du hast wo' Hufnagellack gesoffen? Haue ab! Zweehunnort Puls hab' ich, balde, dooo!«

Und als die ukrainische Ex-Kugelstoßerin bereits den Amboss nach ihm werfen wollte, rief die Tochter Tourette: »Halt, Mutti – *hup, hup* –, das ist doch der schöne – *piep, piep, Gasuhr* – Käse-Mike!«

Und Anette sprach: »Genau! Den kannste nich' plattmachen Mutti, den wollen wir doch heiraten! Den machen mir dann schon selber platt!«

Da sprach der Käse-Mike stolz: »Jetzt ma' ohne

Käse. Wessen Füsslein so herrlich nach Harzer Roller mit einer feinen Note Doofe-Ziegen-Gouda riecht wie dieser güldene Pantoffel, wird vom Fleck weg geheiratet! Scheiß off'n Charakter!« Da freuten sich die Anette und die Tourette, denn sie sahen sich bereits am Ziel.

Anette rief: »Das gibt's doch balde gar ne, das is' doch mei' zweiter Pantoffel, den hab' ich schon überall gesucht!«

Da ihre Füße aber aus Versehen frisch gewaschen waren und höchstens nach Hufnagellack und Latschenkieferöl dufteten, griff sie zu einer List, öffnete geschwind eine Dose Hering in Tomatensoße und rieb damit ihre Stamper ein. Der Käse-Mike war überglücklich, endlich seine Braut gefunden zu haben, legte sie quer über seinen Sattel und ritt mit seinem Hengst Enduro in den Sonnenuntergang Richtung Sportlerheim. Als sie an einem Radieschenbaum vorbeiritten, hörte der Käse-Mike plötzlich drei kleine Käslein auf dem Baume zwitschern:

*»Rucke di gu, rucke di gu,*
*Tomatensauce ist im Schuh.«*

Da sprach der Käse-Mike: »Mannomann, ich sollte nich' so viel Zauberpilzsuppe löffeln, ich hör' ja schon den Käse zwitschern!«

Doch die Käslein wiederholten:

*»Rucke di gu, rucke di gu,*
*Tomatensauce ist im Schuh!«*

Da erkannte der Käse-Mike, dass die Käslein die Wahrheit sprachen, und er blickte auf den Fuß der Anette und sah, wie die Tomatensauce daran herunterlief. Er machte mit seinem Hengst eine Gefahrenbremsung, wendete mit quietschenden Hufen, brachte die Anette ins Hufnagelstudio zurück und entsorgte sie in der Altbrauttonne.

Er fragte bestimmt: »Sagen Sie ma', liebe böse Frau Hammerbrei, ham sie nich' zufällig noch 'ne andere Tochter? Gucken sie doch ma', bitte!«

Die Diplomhufschmiedin antwortete: »Na klar, wenn's die eine ni' war, muss es ja die andere sein, da heiratest eben die!«

»Mir wär's Wurscht«, sagte da der Käse-Mike, und legte die Tourette quer über seinen Sattel.

Als er abermals an dem Radieschenbaume vorbeikam, so hörte er wieder die drei kleinen Käslein, die in dem Baume saßen und zwitscherten:

*»Rucke di gu Rucke di gu,*
*Bolognese-Sauce is im Schuh!«*

Er blickte auf den Fuß der Tourette und sah die heruntertropfende Bolognese-Sauce und die Makkaroni zwischen ihren Zehen und rief: «Also Freunde, was'n jetzt, wollt ihr mich verarschen? Für mich ist das ooch die sechste Stunde! Mir müssen jetzt ma langsam zu Potte komm, ich will ooch bloß heeme.«

Er wendete seinen Hengst Enduro abermals, so dass die Hufeisen rauchten und ritt zurück zur Casa Hammerbrei und sprach: »Liebe, böse Frau Hammerbrei, jetzt hab' ich aber langsam die Faxen dicke, ich habse jetzt bald alle durch, ham Sie vielleicht umständehalber manchema noch e' liebreizendes Töchterlein? Eiserne Reserve, oder so?«

Die böse Diplomhufschmiedin schüttelte mit dem Kopf und sprach: »Noch 'ne Tochter? Ach wo! Also nicht, dass ich wüsste!«

Doch das liebe Aschenursel hatte den Käse-Mike bereits erspäht. Und weil die ukrainische Ex-Kugelstoßerin mit ihren breiten, haarigen Schultern den gesamten Torbogen ausfüllte, durch den normalerweise der Mähdrescher fuhr, huschte sie schnell zwischen ihren Beinen hindurch, dem schönen Käse-Mike direkt in die Arme.

Da war der Käse-Mike zufrieden, packte das Aschenursel zärtlich am Kragen und legte auch sie quer über sein Pferd. Als er mit ihr an dem Radieschenbaume vorbeiritt, da zwitscherten die drei kleinen Käslein:

*»Ruckedi gu, Ruckedi gu!*
*Mein Gott, hat das gedauert!«*

Aber da kein Märchen ohne einen holprigen Reim zu Ende gehen darf, rappten sie anschließend gleich im Chor:

*»Jetzt hast Du Depp das ooch gecheckt,*
*Die neue Braut is voll korrekt …*
*Gaudamuffin, Digger!«*

Da freute sich der schöne Käse-Mike und sprach zu den drei rappenden Käslein: »Danke, lieber MC Gorgonzola, danke, DJ Limburger und danke, Grandmaster Babybell. Ohne Euch wäre ich jetzt immer noch Single, und eins is' klar, das wär' doch Käse!«

Fortan lebte das Aschenursel mit dem Käse-Mike in dem seinem Sportlerheim aus purem Käse. Und weil sie nun keine heiße Asche mehr in die Plastemülltonne einfüllen musste, sah sie nicht mehr so angekokelt aus und musste auch nicht mehr Aschenursel heißen. Fortan wurde sie von allen nur noch »Aschi« gerufen. Und als nun die Hochzeit mit dem schönen Käse-Mike sollte gehalten werden, waren alle Bewohner des sächsischen Märchenwaldes eingeladen, außer die asoziale Familie Hammerbrei. Doch denen war das völlig egal und sie erschienen trotzdem, um die Party zu crashen.

Doch so etwas tut man nicht, liebe Kinder, und deshalb ließ der Käse-Mike sie von seiner Käsepalastwache ergreifen und in ein großes Fass Schmelzkäse tauchen. Danach wurden sie sogleich auf dem angrenzenden Spielplatz der Märchenwaldgrundschule »Ernst Thälmann« im Sandkasten paniert.

Und so mussten sie, gemieden und verlacht von allen Märchenwaldbewohnern, jahrein, jahraus, gesandet und geschmelzkäst, umherirren.

# Die Bornaer Stadtmusikanten

*E*s war einmal ein alter, sächsischer Esel namens Zwenni, der nährte sich redlich als Schrankenwärter bei der deutschen Märchenreichsbahn. Doch eines Tages kam seine Majestät Thilo der Weißrot-gestreifte auf seiner goldenen Draisine herbeigeritten und sprach: »Ich bin der König aller Schrankenwärter und ich hab' 'ne gute und 'ne schlechte Nachricht für Dich, mein treuer Zwenni! Zuerscht die gute: Du hast heute fünfunddreißigstes Betriebsjubiläum. Hier haste 'ne vergoldete Uhr aus China und 'ne doofe, wertlose Ehrenurkunde!«

Da freute sich der Esel und sprach: »Also, danke, lieber König der Schrankenwärter! Dass Ihr daran gedacht habt! Was für 'ne Überraschung! Mich haut's aus'n Hufeisen! Ich fühle mich geehrt und freue mich auf viele weitere, schöne Jahre in diesem Unternehmen, bis zu meiner wohlverdienten Rente!«

»Nich' so schnell!« rief da der König der Schrankenwärter: »Das is' hier zwar der Märchenwald, aber nich' ›Wünsch Dir was‹. Ich hab' heute Morgen aufm Polenmarkt beim Schrankenschmied 'ne automatische Schranke gekauft, und die übernimmt ab sofort Deinen Job. Du bist gefeuert!« Sprach's und ritt von dannen.

Da weinte der Esel wie Udo Lindenberg vor einer leeren Eierlikörflasche, und sprach: »So eine Scheiße, mit der Scheiße! Einfach gefeuert! Zweehunnort Puls hab' ich, balde, doo! Aber ich hab' gehört, in Borna-Herzegowina is' alle Tage Feuerwehrfest! Da geh' ich hin und werde einfach Musiker!«

Als er ein Weilchen fortgegangen war, fand der Esel ein altes, fettes Schwein auf dem Wege liegen und sprach: »Also laut Märchenbuch hätte ich ja jetzt eigentlich mit'n alten Hund gerechnet!« Und der Esel holte sogleich sein Handy heraus und wählte die Störungshotline der Gebrüder Grimm, um das defekte Märchen zu melden. Doch am anderen Ende antwortete nur eine Zwergenstimme vom Band: »Hier ist die Märchensupport-Hotline der Gebrüder Grimm. Alle Heinzelmännchen sind zurzeit belegt. Sie werden mit dem nächsten freien Heinzelmännchen verbunden. Bitte haben Sie etwas Geduld, und hören Sie einstweilen das Lied vom Bi-Ba-Butzemann, in der Version der Popgruppe Schrammstein!«

Und sogleich ertönte ein mindestens gewöhnungsbedürftiges Getöse aus der Freisprecheinrichtung, und es klang, als bearbeite jemand eine rostige, defekte Waschmaschine mit dem Baseballschläger. Und als dann noch der lungenkranke Sänger Till Li-La-Lindemann mit heiserer Röhre »Bi-Ba-Butzemann, bück Dich!« schmetterte, so dass es klang wie ein medizinischer Notfall, da ward's dem Esel zu viel und er rief: »Danke für nüscht!«, legte auf und rieb sich sein entzündetes Eselsohr.

»Wo kommst'n Du eigentlich her?« fragte der Esel Zwenni das Schwein, und das Schwein sprach: »Ich bin aus'n Schlachthof getürmt! Da war der Stall so eng, da konnte ich überhaupt kein social distancing machen. Und da hatte ich dann doch bissel Angst, dass ich den Schlachthof nich' überlebe und bin lieber abgehauen. Aber wo soll ich jetzt meinen täglichen Eimer Kartoffelschalen herkriegen?«

»Weeßte was?« sprach der Esel. »Eigentlich bräuchte ich an der Stelle jetzt 'n Hund, damit das Märchen ohne zu ruckeln weiterläuft. Aber an der Gebrüder Grimm Märchensupport-Hotline geht keiner ran und wenn kein anderes Personal zu kriegen is, dann nehm' ich eben Dich. Wir einigen uns einfach drauf, dass Du 'n Schweinehund bist!«

Da grunzte das Schwein: »Nenn mich wie De willst! Das geht mir am Hinterschinken vorbei! Hauptsache, ich kriege bald 'n Eimer Kartoffelschalen!« Und sie gingen weiter ihres Weges, um in Borna-Herzegowina Musikanten zu werden.

Es dauerte nicht lange, so saß da ein achtarmiger Tintenfisch an dem Weg und machte ein Gesicht, als hätte er sich versehentlich eingetintet.

»Nun, was ist Dir in die Quere gekommen, alte Tintenpatrone?«, sprach der Esel.

»Zwei Jahrzehnte habe ich bei einem mittelständischen Hersteller von Rohrknien und Flanschmuffen als Tintenstrahldrucker gearbeitet!«, antwortete der Tintenfisch. »Und nu' ham die sich 'n Laserdrucker angeschafft und mir das Aquarium vor die Türe gestellt! Ich sitze total in der Tinte. Im Sinne des Wortes. Denn mit den Jahren bin ich untenrum bissel undicht geworden.«

»Mannmannmann!«, sprach da der Esel. »Was soll ich denn mit 'n undichten Tintenfisch? Von seiner Lebensgeschichte her würd's ja gehen, aber laut Märchenbuch brauch' ich an der Stelle jetzt eindeutig 'ne Katze.«

Und wieder wählte er die Märchensupport-Hotline der Gebrüder Grimm GmbH, und die Zwergenansage vom Bande sprach: »Vermissen Sie bei Ihrem Märchen die Moral? Dann drücken Sie bitte die eins.«

»So weit simmer ja noch gar ne ...«, sagte der Esel.

»Wollen Sie ein gestörtes Märchen melden?«, fuhr die Zwergenbandansage fort. »Dann drücken Sie bitte die Zwei.« Und der Esel drückte beherzt die Zwei. Und der Automatenzwerg sprach: »Danke. Sie werden mit dem nächsten freien Heinzelmännchen verbunden. Bitte haben Sie etwas Geduld und hören Sie in der Zwischenzeit das Lied ›Sah ein Knab' ein Überdöslein steh'n‹, gerappt von Capital Bratwurst!«

Der Esel hörte sich die, sowohl inhaltslose, als auch geschwätzige Rapmusik tapfer an, bis ein leichter Tinnitus einsetzte, dann flog er mit dem Hinweis, er möge später nochmal anrufen, aus der Leitung.

Da war's der alte Esel Zwenni müde und er sprach: »Also von mir aus, Tintenfisch. Ich gloobe, der Märchenwaldserver is' abgestürzt. Aber wir müssen hier ja ooch irgendwie weitermachen. Du bist als Tintenfisch nich' die Idealbesetzung für meine neue Band, aber es is' momentan schwer, was Vernünftiges zu kriegen. Du kannst also mitmachen. Schweinehund, was sagst Du dazu?«

»Ohne meinen Eimer Kartoffelschalen sag ich garnüscht!«, grunzte das Schwein.

Da wandte sich der Esel wieder an den Tintenfisch: »Gut, Du bist dabei! Aber damit Du wenigstens entfernt an die vorschriftsmäßige Katze erinnerst, nennen wir Dich einfach Oktopussy!«.

Und so gingen der Esel Zwenni, das Schwein namens Schweinehund und die achtarmige Ersatzkatze namens Oktopussy weiter auf dem Weg nach Borna-Herzegowina, um dort Musikanten zu werden.

Darauf kamen die drei Landesflüchtigen an einem Naherholungsgebiet vorbei, da saß auf einem kokelnden Altreifenstapel ein halbgerupfter Papagei und schrie aus Leibeskräften.

Da sprach der Esel, »Was'n mit Dir los, Du quietschbunte Nervensäge?«

»Ich heiße Manfred und jahrelang habe ich meinem Herrn treu gedient …«, sprach da der Papagei, »… und bin immer rangegangen, wenn das Telefon geklingelt hat, und dann …«

Da rief der Esel: »Lass mich raten, Manfred! Du bist jetzt arbeitslos, weil Dein Herr sich 'n Anrufbeantworter gekauft hat!«

Doch der Papagei schüttelte nur den Kopf »'n Anrufbeantworter? Haha! Aus welcher technologischen Steinzeit kommst Du denn? Mein Herr hat einfach seine Voice-Mailbox freigeschaltet, und das war's dann für mich.«

»Ei was, Du bunter Broiler!« sagte darauf der Esel, »Dann geh doch mit uns! Wenn Du die Stelle des Hahns einnimmst, dann wäre die Band komplett!«

Und der Papagei Manfred sprach: »Ich kann natürlich auch Fremdsprachen!« Und wie zum Beweise krähte er laut: »Kikerikuck!«

»Hä?«, rief da der Tintenfisch Oktopussy. »Wieso Kikerikuck?«

»Das war ein Kikeriki mit'm Akzent vom Kuckuck, Du Amateur!«, antwortete der Papagei.

»Gequatsche einstellen!« sprach Zwenni, der Esel. »Dann sind wir ja vollständig und marschieren jetzt nach Borna! Etwas Besseres als den Tod finden wir überall; Du hast 'ne gute Stimme, Papagei, und wenn wir zusammen loslegen, dann haut's den Partypeople in Borna-Herzegowina auf'n Feuerwehrfest 'n sprichwörtlichen Vogel aus'n Kopp! Los geht's! Alles hört auf mein Kommando!«

Doch das Schwein fragte: »Momentema!? Wo steht'n das, dass Du hier der Chef bist? Wir könnten doch erstema abstimmen?! Und wo bleibt mein Eimer Kartoffelschalen?!«

»Jetzt reicht's!«, brüllte der Esel Zwenni wie ein Lehramtsanwärter im Fach Ethik vor einem Rudel renitenter Viertklässler. »Ich bin ein Esel! Und damit bin ich das einzige Tier hier, das überhaupt in dieses Märchen reingehört! Und deshalb bestimme ich auch, wie das hier weitergeht! Und ich sage Euch: Wir gehen nach Borna auf's Feuerwehrfest und machen Musik!«

»Wartema! Musik machen is' doch total lame!«,

sagte der Papagei. »Ich wollte eigentlich lieber Stimmenimitator werden!«

»Na eben«, rief der Tintenfisch. »Ich würde eigentlich auch lieber Schriftsteller werden wollen, weil Tinte hätt' ich ja genug!«

Und das Schwein rief: »Also erstens warte ich immer noch auf meinen Eimer Kartoffelschalen, und zweitens find' ich die Idee mit der Band auch doof! Ich gehe lieber zum Ballett, ans Bolschoi-Theater in Moskau! Als Primaballerina!«

Da sahen der Esel Zwenni, der Tintenfisch Oktopussy und der Papagei Manfred das Schwein Schweinehund mit einer Mischung aus Fassungslosigkeit und Verwunderung an, und es entstand eine lange, peinliche Pause.

Dann sagte der Tintenfisch: »Was willst'n Du beim Ballett machen? Filetspitzentanz? Du bist doch viel zu fett fürs Ballett!«

»Ach, von wegen!«, rief da das Schwein ganz eingeschnappt. »Wie soll mor denn hier fett werden, hier gibt's doch nüscht zu fressen!«

Schließlich sagte der Esel: »Also mir reicht's jetzt mit Euch Vollpfosten! Ich ruf jetzt die Supporthotline von der Gebrüder Grimm GmbH an und lass' das Märchen zurücksetzen und neu starten! Lieber fang ich noch ma' ganz von vorne an, anstatt mir von Euch Hirnamputierten die ganze Zeit auf der Nase rumtanzen zu lassen!« Und er wählte erneut die Nummer der Märchensupporthotline und nach nur wenigen Takten des Liedes »Sonderzug nach Pankow-Herzegowina« von der Band »Udo und die sieben Linden-

zwerge« wurde er bereits mit einem freien Heinzelmännchen verbunden.

Das Heinzelmännchen sprach: »Herzlich will-
kommen bei der Gebrüder Grimm GmbH – ihr digi-
taler Märchendienstleister für Kinder, Medien und
Finanzamt. Mein Name ist Olaf Heinzelmann. Was
kann ich für Sie tun?«

»Ich möchte ein gestörtes Märchen melden!«,
sprach der Esel.

»Ja«, sagte da das Heinzelmännchen, »da sin' Sie
nich' der Erschte heute! Wir hatten 'n starken Elfen-
befall im Hauptschaltraum. Und weil die Viecher alle
in' Ventilator geflochen sin', is' die Lüftung kaputtge-
gangen und da is' unser Server heiß geworden und
abgeroocht.«

»Na, un' nu'?«, fragte der Esel.

»Wir wissen noch nich', ob wir das einfach so wieder in den Griff kriegen …«, fuhr das Heinzelmännchen Olaf fort. »Vielleicht müssen wir auch die Mär-
chenmatrix komplett neu ausrollen.«

»Ach, du Scheiße!«, sagte der Esel.

Das Heinzelmännchen Olaf sprach: »Gerade hat's
Dornröschen angerufen, sie wär vom bösen Wolf
wachgeküsst worden. Und das Rotkäppchen hat seine
Oma selber fressen müssen, weil der feine Herr Wolf
gerade in 'nem ganz anderen Märchen rumhuppt. Ei
nee, hier hakt's an allen Ecken und Enden. Aber nun
zu Ihrem Problem! Was hamse denn? Pixelige Mär-
chenfiguren? Verwünschungen, bei denen was ganz
anderes rauskommt? Prinzen, die Käse-Mike heißen?
Ham mir alles schon gehabt!«

Der Esel sagte: »Nuja, ich hab' hier vollkommen falsches Personal geliefert bekommen! Bestellt hab' ich 'n Hund, 'ne Katze und 'n Hahn – aber gekriegt hab' ich 'n Schwein, 'n Tintenfisch und 'n Papagei. Kammor da auf die Schnelle was machen?«

»Ach! Das is ganz einfach!«, rief der Telefonheinzelmann Olaf. »Das ist ja bloß ein Error in der ›registry‹ für Märchenpersonal. Da drücken sie erschtemal ›Steuerung‹, und dann ...«

Doch genau in diesem Moment brach das Gespräch ab, denn der Akku des Esels war durch die langen Wartezeiten an der Hotline inzwischen leer geworden.

»So eine Scheiße, mit der Scheiße! Zweehunnort Puls habbe ich balde, dooo!«, rief der Esel Zwenni wütend und schmiss sein Handy in hohem Bogen in den nahegelegenen Teich, wo es den Froschkönig traf und ihm sein güldenes Krönchen verbeulte. Dann wandte er sich an seine Gesellen: »Hier is' jetzt endgültig Schluss mit lustig! Ich bin als Esel der einzige Hochqualifizierte für dieses Märchen! Also kommt jetzt gefälligst mit – und zwar ohne Geningel!«

Doch kaum hatte er gesprochen, da setzte ein prasselnder Regen ein und fiel auch auf das Fell des Esels. Und der Regen wusch all den grauen Staub heraus, und, siehe da, als die Sonne wieder hinter den Wolken hervorlugte, war alles Grau von ihm abgewaschen und er stand da als prächtiges, glänzendes, weiß-braun gestreiftes Zebra. Seine Genossen, das Schwein Schweinehund, der Tintenfisch Oktopussy und der Papagei Manfred, kugelten sich auf der Erde vor Lachen und prusteten immer wieder: »Hochqualifiziert! Haste das gehört? Hochqualifiziert! Un' jetzt gugge Dir den ma' an! Der is' ja im Pyjama auf Arbeit gekommen! Haha!«

»Ach, Du meine Möhre!«, sprach der Ex-Esel Zwenni und blickte an sich herab. »Ein Leben lang hab' ich gegloobt, ich wäre ein Esel, dabei war ich in Wirklichkeit nur ein sehr, sehr staubiges Zebra! Was bin ich doch für ein Esel!« Doch dann besann sich das Zebra Zwenni und sprach: »Gut, ok, vielleicht habt Ihr ja recht ... Wir sind alle unterschiedlich. Niemand hat sich ausgesucht, wer er is'. Wir haben eigene Träume, eigene Wünsche und 'ne eigene Geschichte und wir können alle immer nur raten, was im andern vor sich geht. Aber wirklich fühlen können wir nur uns selbst. Und keiner von uns passt hier so richtig hin. Aber wir müssen nun mal mit den Freunden klarkommen, die wir haben, weil: Andere Freunde haben wir nich'!«

»Wow!«, sagte das Schwein mit großen, vor Rührung glänzenden Augen. »Das is' ja eine total tolle Moral der Geschichte!«

»Na super!«, rief der Tintenfisch. »Da könn' mir ja jetzt alle nach Hause gehen! Tschüssikowsky!«

»Wenn ich schnell fliege, bin ich zur Sportschau heeme! Also, macht's gut, Ihr Klapser!«, sagte der Papagei.

»Haaaaaaalt!«, rief das Zebra Zwenni. »Wir sind noch nich' fertig. Wir müssen doch noch nach Borna!«

»Or neje, geht das wieder los ...«, sagten da die Tiere, die sich nach dem vorschriftsmäßigen Absondern einer Moral schon auf den Feierabend gefreut hatten. Doch sie gingen schließlich murrend mit.

Alsbald kamen sie im dunklen Märchenwald an ein Häuschen, um das viele Fernsehkameras und Scheinwerfer herumstanden. Auch liefen dort viele mindestens zwei Meter große Dreitagebartträger mit Headsets herum, die unablässig telefonierten und in erster Linie damit beschäftigt waren, wichtig auszusehen, so wie dies bei Fernsehproduktionen allgemein üblich ist.

An dem Studio im Walde aber war ein großes Fenster und das Zebra sprach: »Ich will durchs Fenster hineinsehen, was darinnen vor sich geht!«

Da wurde das Schwein auch neugierig. Weil aber der gestreifte Zebrahintern ihm die Sicht versperrte, sprang das Schwein kurzerhand auf den Rücken des Zebras. Da wollte der Tintenfisch nicht hintanstehen und er kletterte mit seinen acht Armen behände über den Hintern des Zebras auf den Rücken des Schweins. Und der Schweinerücken wurde ganz lila, weil sich die blaue Tinte des inkontinenten Tintenfischs mit seinem Rosa vermischte. Und der Papagei flatterte zu guter Letzt empor und setzte sich auf den Kopf des Tintenfisches.

Was sie aber im Saale erspähten, war ein Casting für DSMSDS – also für »Der sächsische Märchenwald sucht den Superstar!« – und an einer langen, gebogenen Theke saß Dieter Bi-Ba-Bohlen aus Tötensen-Herzegowina, der abgefeimteste Popmusikfuzzi des gesamten sächsischen Märchenwaldes. Und weil sie so große Fans seiner prominenten Lederschnauze waren, drückte sich der Papagei am Glas den Schnabel platt, der Tintenfisch saugte sich mit seinen Saugnäpfen an der Fensterscheibe fest, das Schwein presste seinen Rüssel dagegen, so dass es von drinnen aussah wie eine Steckdose, und das Zebra lehnte sich mit der Stirn gegen das Fenster und glotzte mit großen Augen hinein.

Doch weil das Sendestudio im Märchenwald aus Kostengründen von schwarzarbeitenden Heinzelmännchen aus Nordpolen gebaut worden war, gab der schlecht befestigte Fensterrahmen nach und fiel krachend und klirrend in den Saal – und mit ihm Zebra, Schwein, Tintenfisch und Papagei. Und weil alle einen mordsmäßigen Schreck bekommen hatten, da schrien sie während ihres freien Falls aus Leibeskräften!

Das hörte der Dieter Bi-Ba-Bohlen und er rief: »Also nee, da kricht man ja Ohrenkrebs!«

Doch dann fragte er die vier, wo sie denn herkämen und als sie ihm ihre traurige und rührselige Geschichte erzählt hatten, da rief der Dieter Bi-Ba-Bohlen voller Begeisterung: »Ihr könnt ja überhaupt nich singen. Aber Eure Lebensgeschichte lässt sich super verkaufen! Hammermäßig! Auf die Mugge is' gepfiffen!«

Und sogleich zog er einen fetten Plattenvertrag aus der Tasche. Die vier Freunde überlegten nicht lange, griffen zum Tintenfisch und unterschrieben.

Und so wurden die vier frischgebackenen Märchenwaldsuperstars auf eine Welttournee über den gesamten Globus des sächsischen Märchenwalds geschickt. Doch nach einem Jahr kam schon niemand mehr, denn das Publikum hatte inzwischen mitbekommen, dass die vier überhaupt nicht singen konnten und dass man auf Lebensgeschichten nicht tanzen kann. Es folgten noch ein paar kleinere Auftritte auf privaten Gartenpartys und dabei stellte sich heraus, dass in den Gärten, in denen die Bornaer Stadtmusikanten aufgetreten waren, die Maulwürfe allesamt Reißaus nahmen. Und so machten die Stadtmusikanten eine zweite Karriere als Schädlingsbekämpfer und wurden reich und hatten ihr Lebtag ein gut Auskommen.

Doch eines Abends fragte der Tintenfisch Oktopussy das Zebra Zwenni: »Und was is' 'nu die Moral von der Geschichte?«

»Gute Frage. Da war doch eine! Vorhin. Wie war die noch glei'?«, fragte Zwenni.

Und der Papagei Manfred sprach: »Ich hätt's mir ma' lieber aufschreiben sollen. Das war 'ne echt gute Moral, so viel weiß ich noch.«

Da sagte das Schwein: »Die beste Moral wäre gewesen, wenn ich was zu fressen gekriegt hätte. Weil: Erscht kommt der Eimer Kartoffelschalen, dann kommt die Moral!«

Und da beschlossen die vier Freunde, sich das Märchen bei Gelegenheit noch einmal anzuhören und sich dann die Moral genau einzuprägen. Und das,

liebe Kinder, solltet Ihr vielleicht genauso machen –
falls Ihr die Moral der Geschichte vor lauter Lachen
auch schon vergessen habt ...

# König Trottelbart

$\mathcal{E}$s war einmal, vor gar nicht allzu langer Zeit, da regierte im sächsischen Märchenwald der kugelrunde König Klaus Klops der Cholerische. Und der König hatte eine Tochter namens Schackeline, die war so schön wie ein frisch lackiertes Garagentor.

Schackeline liebte es schon als Kind, König Klaus Klops den Cholerischen auf die Palme zu bringen. Einmal setzte sie einen klebrigen Froschkönig in sein Müsli und ein andermal, als gerade der Papst und seine Frau zum Grillen da waren, platzierte sie auf dem goldenen Campingstuhl des Königs ein Furzkissen. Deshalb musste die Palme im Burghof zweimal jährlich wegen Abnutzung erneuert werden – so oft war König Klaus Klops der Cholerische daran heraufgestiegen.

Doch als das Mädchen heranwuchs und eines Tages so schön ward wie zwei frisch lackierte Garagentore, da mietete der kugelrunde König Klaus Klops das Internet des gesamten sächsischen Märchenwaldes. Und er rollte vor seinen Rechner, ging live bei seinem facevolk bei facebook, und er sprach: »Zwei Tage soll im sächsischen Internet nichts anderes geschrieben stehen, als dass mein hinreißendes Töchterlein, Prinzessin Schackeline, die so schön ist wie zwei frisch lackierte Garagentore, einen Gemahl sucht, zwecks sofortiger Eheschließung! Spätere Heirat nicht ausgeschlossen!«

»Hähä!«, lachte da Prinzessin Schackeline »Das war ja voll peinlich, Papa!«

Und der kugelrunde König Klaus Klops, der Cholerische, rollte unflätig fluchend die Wand hoch, die Decke des Thronsaales entlang, einmal um den Kronleuchter herum und auf der anderen Seite des Raumes wieder herunter, so sehr ärgerte er sich über seine freche Tochter. Den Rest des Tages verbrachte er auf der Palme im Burghof.

Bald kamen viele heiratslustige Männer zur prächtigen und wehrhaften Burg des Königs, irgendwo inmitten der saftigen, sächsischen Botanik. Und sie staunten über all den Prunk, über den goldenen Zementmischer der königlichen Burgbaustelle, sie staunten über all die edelsteinverzierten Bettler, die vor dem Burgtor lungerten, und sie staunten vor allem über das goldene Dixi-Klo des Königs. Nun wurden die Freier in der prächtigen Thronstube alle nach Rang und Stand geordnet; erst kamen die Könige, dann die Vorstandsvorsitzenden, die Lottogewinner, die Startup-Unternehmer, die Ölscheiche und dann die Influenzer, zuletzt die Thermomixvertreter. Und die Webdesigner wurden gar nicht erst eingelassen.

Darauf schritt die Prinzessin die Reihen ab, und wenn sie auf einen zeigte, so musste der vortreten und dem Prinzesschen artig seinen Antrag machen.

Doch weil sie es liebte, ihren cholerischen Vater zu ärgern, hatte sie sich vorgenommen, alle Bewerber abblitzen zu lassen.

Bald zeigte sie auf den ersten, und der trat vor und sprach: »Guten Tag, ich bin der Dr. Mahnegold, Martin. Ich bin Vorstandsvorsitzender von der Spätverkaufsstelle Scharnhorststraße. Meine Hobbys sind: Zu Hause Volkstanz und in der Firma Affentanz.«

»Jaja!«, sagte da die Prinzessin Schackeline. »Aber im Schlafgemach is' nüscht wie Totentanz! Palastwache! Der Dr. Mahnegold hat sich 'ne Erfrischung verdient!« Und die zwei Meter großen, grunzenden Brutalos von der Palastsecurity ergriffen den armen Dr. Mahnegold, führten ihn auf die höchste Zinne der Burg und warfen ihn in hohem Bogen in den Wassergraben. Und Dr. Mahnegold sprach: »Ahhhhhhhhh!«

Der kleine, kugelrunde König Klaus Klops der Cholerische, rollte vor Ärger im Dreieck und er brüllte: »Ja, so eine Scheiße, mit der Scheiße! Zweehunnort Puls hab' ich balde, doooo! Wie behandelst'n Du mein' Dr. Mahnegold? Der hat mir quasi schon ma' das Leben gerettet mit sein' Spätverkauf, als mei' Bier alle war! Du spinnst wo' komplett!?« Und vor Wut biss er einen Zacken aus seiner goldenen Krone.

Doch seine ungezogene Tochter hatte schon auf den nächsten heiratslustigen Mann gezeigt. Und es trat ein glutäugiger Araber mit einem prächtigen, edelsteinverzierten Krummsäbel vor: »Ich bin der Hadschi ...«, und alle im Saale riefen wie aus einer Kehle: »Gesundheit!!«

Doch der Araber sprach: »Danke! Ich fang noch

ma' an: Ich bin der Hadschi Halef Omar Ben Hadschi Abul Abbas Ibn Hadschi Dawuhd al Gossarah. Von Beruf bin ich Ölscheich in Festanstellung. Und in meiner Freizeit sammle ich Frauen! Und weil die Schackeline so schön is' wie zwei frisch lackierte Garagentore, biete ich glei' ma' siebenundzwanzig Kamele!«

»Los! Schackeline! Siebenundzwanzig Kamele! Das mach'mor!«, rief da der König Klaus Klops der Cholerische. »In der arabischen Schwackeliste stehste für achtzehn!«

»Ooor, Papi!«, sprach Schackeline. »Der hat doch 'n viel zu langen Namen. Wenn ich den zum Mittagessen mit 'n vollen Namen anspreche, dann is' de Soljanka kalt, bevor ich fertig bin. Und außerdem: Wie kammor nur mit'n derartig verbogenen Säbel rumloofen? Palastwache! Dor Hadschi Halef Dingsbums kricht 'ne Ehrenkarte für'n Streichelzoo!«

Und die Palastwächter, die so breit waren wie eine Schrankwand mit Vitrine und so dämlich wie ein Kartoffelknödel im Kochbeutel, ergriffen den armen Hadschi Halef Omar und warfen ihn in den Bärenzwinger. Der kugelrunde König Klaus Klops der Cholerische hatte indessen vor Wut zwei weitere Zacken von seiner Krone abgebissen und brüllte: »Das kannste doch ni' machen! Die Bären sin' off Diät! Und außerdem: Wo soll ich'n jetzt das Heizöl für unnere Burg herkrieschn, wenn Du ma eben den einzigen Ölscheich im sächsischen Märchenwald als Bärenchappi verfütterst? Du hastse doch ni' mehr alle!« Und wieder biss er einen Zacken aus seiner Krone.

Seine Tochter hatte indessen schon auf den nächsten Freier gezeigt. Doch weil der beim Vortreten stolperte, sagte Prinzessin Schackeline: »Ha! Ze bleede zen loofen! Freikarte für den Escape-Room!« Und die Palastwachen warfen ihn in Ketten in den Kerker. So ging es in einer Tour fort, und König Klaus Klops der Cholerische biss einen Zacken nach dem anderen aus seiner goldenen Krone. Und er fluchte wie eine alleinerziehende Mutter im Home-Office.

Schließlich kam die Schackeline zu einem König. Der war so schön gewachsen wie ein Spreewälder Gurkenbaum und hatte doch einen Makel: Er hatte von einem Reitunfall ein ganz schiefes Kinn und dazu einen albernen Zwirbelbart – wie Horst Lichter.

Und Schackeline sprach: »Du siehst ja aus wie 'n Trottel! Für mich bist Du der König Trottelbart! Und tschüss!«

Der König bekam von der Palastwache einen Tritt in sein edelsteinverziertes Hinterteil und flog in hohem Bogen aus der Burg. Und alle lachten über den verschmähten und entehrten König und nannten ihn fortan nur noch den »König Trottelbart«.

Da platzte dem kugelrunden König Klaus Klops dem Cholerischen endgültig der Kragen. Und sein mit lautem Knall wegfliegender Kragenknopf schoss einen irdenen Krug entzwei, der voller Vita-Cola gewesen war. Und der Leibdiener des Königs sprach: »Ihr habt wo' alle e' Ei am Kopp! Also ich mache die Sauerei nich' weg!«

Inzwischen war der König in den Burghof gerollt und auf seine Palme im Burghof gestiegen, während sich der Himmel mit finsterem Grollen zu zog. Und mit zum Schwur erhobener Hand rief König Klaus Klops der Cholerische in das dunkle, düster-dramatisch drohende Wolkengebirge: »Beim Barte meiner Mutter! Der Blitz soll mich auf meinem goldenen Dixie-Klo treffen, wenn ich meine nischtsnutzische Tochter nich' mit den erschtbesten Vollpfosten verheirate, der in meine Burg kommt!«

»Das kannste doch ni' machen, Papi!« rief Prinzessin Schackeline entsetzt. »Is' das nich das gleiche wie Zwangsheirat?«

»Da musste die Gebrüder Grimm fragen!«, bellte König Klaus Klops der Cholerische. »Ich hab' das Märchen nich' geschrieben! Heb Dir Deine blöden Fragen für'n Ethikunterricht auf! Und jetzt mache weiter, wie's im Text steht und wie mir's geprobt ham!«

»Pff ... Also manchma bist Du 'ne richtige Diva. Iss ma 'n Snickers!«, sagte die Schackeline schnippisch. »Du nimmst Dein' saudämlichen Schwur jetze sofort zurück!«

Doch König Klaus Klops winkte ab: »Schwüre kammor nich' zerück nehm'! Das bleibt'n Leben lang. Genau wie'n schlecht tätowiertes Arschgeweih! Okay ... Ich hab' viellei' vorhin bissel überreagiert. Geb' ich ja zu. Aber ich hab' halt jetze ooch keene Lust, bei Gewitter als Rostbrätl auf'm Scheißhaus zu enden! Schwur is' Schwur. Da musste ooch ma' Verständnis ham.« Da weinte die Prinzessin Schackeline wie ein undichter Siphon unterm Waschbecken in der Schultoilette.

Als am nächsten Tage ein ungelenker Computernerd namens Mirko Quarkbein in die Burg kam, um den mit roten Rubinen besetzten WLAN-Router des Königs gegen ein noch schöneres Modell mit grünen Smaragden auszutauschen, sprach König Klaus Klops der Cholerische: »Sachema, Mirgo Quarkbeen, wenn ich das richtig mitgekricht hab', dann bist Du neunundzwanzsch Jahre alt, hast fettsche Haare und 'n abgebrochenes Informatikstudium und wohnst immer noch bei Deiner Mutti in dor Laube. Wie wärs'n da eigentlich ma' mit heiraten?«

Da sprach der Mirko: »Schön wär's! Aber ich hab' ja so ein Pech mit den Frauen. Alle Frauen, die ich kennengelernt hab, war'n überhaupt keene!« »Viellei' gehst Du ooch einfach bloß in die falschen Kneipen …«, sagte der kugelrunde König Klaus Klops der Cholerische und freute sich, dass der Mirko so dämlich war wie eine Schüssel tote Oma und damit der ideale Vollpfosten, um seine ungezogene Tochter an den Mann zu bringen. Und er rief: «Schacki, komm glei' ma her! Ich nehm' jetzt sofort die Trauung vor!«

Doch die Schacki sagte: »Bei Dir piept's wo'? Du bist doch gar kein Pfarrer, Papi!«

König Klaus Klops der Cholerische, der erneut kurz vor der psychosozialen Kernschmelze stand, brüllte: »Aber ich bin viellei' ma' der König! Zählt das heutzutage gar nüscht mehr, oder was?«

Der Mirko gab altklug zu bedenken: »'n König is' halt keen Pfarrer! Aber wenn mir zufällig 'n Kapitän dahätten, der würd's ooch tun! Der könnte uns nach Seerecht verheiraten.«

»Das is' e' Klapser, ei, nee!«, rief die Schackeline. »Also deine Tischtennisplatte stand beim Chinesisch ooch ganz schön nahe an der Wand! Seerecht auf 'ner Burg? So ein Quark!«

»Aber um die Burg is' viellei' ma' 'n Wassergraben außen rum!«, gab der Mirko triumphierend zurück. »Na, wer is' jetze dor Klapsor? Du musst ooch ma' selber denken!«

»Ruhe in der Thronstube!«, tobte König Klaus Klops der Cholerische. »König is Trumpf! Ich darf alles! Und deshalb erkläre ich Euch hiermit zu Mann und Frau! Mirgo Quarkbeen, Du darfst die Schackeline jetzt küssen.«

Doch weil der Mirgo nur über theoretische Erfahrungen in Sachen Frauen verfügte, machte er sich sogleich über die Schackeline her wie ein Berner Sennen Hund über einen Ring lauwarme Kalbsleberwurst. Und alle im Saale wünschten sich hinterher, so etwas nie gesehen zu haben. Der kugelrunde König Klaus Klops, der Cholerische, sprach: »Da wär' das ja ooch erledigt! Ich bin vom vielen Rumtoben ganz hungrig geworden! Macht's gut, Ihr Plinsen!«

Und er rollte zur königlichen Dönerbude und holte sich einen edelsteinverzierten Döner mit extrascharfen Diamanten.

Und Mirko Quarkbein nahm seine neue Frau Schackeline Quarkbein bei der Hand und führte sie in die schmuddelige Laube seiner Mutti, in der sich die Pizzakartons neben dem Computer stapelten und eine Vielzahl leerer Colaflaschen herumstand, so dass jedem armen Pfandsammler die Freudentränen gekommen wären. Doch Prinzessin Schackeline weinte in der ranzigen Laube bittere Tränen der Reue:

*»Mei' Keks is' weich, mei' Brot is' hart,*
*ach, hätt' ich genommen den König Trottelbart!«*

Und der Mirko sprach: »Bei Dir hackts wo? Mir sin' frisch verheiratet und Du jammorst schon 'n annorn hinnerher? Mache Dich lieber nützlich! Gucke lieber, dass De Ahmdbrot offn Tisch krichst.«

Schackeline sagte: »Ja, wie denn? Du hast doch gar keene Küche!«

Der Mirko schüttelte nur mit dem Kopf. »Ei nee, Du bist ja so nutzlos wie 'n Sandkasten in der Wüste! Bestelle einfach 'ne Pizza! So mach ich das ooch.«

Doch weil die Ex-Prinzessin Schackeline keine Nummer von einem Pizzalieferdienst hatte, musste er seine Pizza selbst bestellen. Und der Mirko wurde nicht müde, den eingeschränkten Funktionsumfang seines frisch angetrauten Eheweibs zu beklagen.

Nach dem Essen sprach der Mirko: »Also Schaggeline, so schnell wie Du Dir grade die Pizza neigedreht hast, kannste hoffentlich ooch arbeiten! Du weeßt, ich reparier' hier Computer und Haushaltsgeräte und das ganze Gelumpe, un' jetzt ham mir de Gebrüder Grimm gerade 'ne Ladung kaputte Trolle geschickt.«

Schackeline fragte: »Kaputte Trolle?«

»Ja«, sagte der Mirko. »Die ham 'n Softwarefehler. Die sind alle ganz lieb statt böse. Und das geht ja nu' garnich'. Da muss die Speicherkarte getauscht und 'n Reset gemacht werden.« Und der Mirko stemmte mit dem Brecheisen eine hölzerne Kiste auf, aus der viele kleine Trolle sprangen: Kleine, wilde, bärtige Männlein in abgeschabten Tweedanzügen.

Doch statt sofort eine deftige Trollschlägerei anzufangen, spazierten sie vollkommen wohlerzogen umher, lüpften ihre zerknautschten Hüte zum Gruß und zitierten Goethe, Kant, Aristoteles, Hannibal, Dschinghis Khan und Attila Hildmann.

Da sprach die Schackeline: »Oh ja! Jetzt seh' ich's ooch. Die sind ja vollkommen durch! Wo ham die denn ihr'n Memory Slot?«

Und der Mirko nahm einen der Trolle, beugte ihn nach vorne, zog ihm die Hose herunter und zeigte der Schackeline den Schlitz für die Speicherkarte.

»Das hätt ich mir ja eigentlich denken können ...«, seufzte die Schackeline, zog mit spitzen Fingern die Speicherkarte aus dem Troll und schob eine neue hinein.

Und der Troll sprach: »Du hast wohl grad 'n Schneemann gebaut? Oder warum hast Du so kalte Pfoten?«

Nacheinander tauschte die Schackeline alle Speicherkarten aus, doch als sie die Trolle danach wieder auf Werkseinstellung zurückgesetzt hatte, da wurden sie so böse wie es sich für funktionstüchtige Trolle gehört. Und sie fielen über die arme Schackeline her wie eine Hortgruppe über einen Teller Fischstäbchen, und sie verpassten ihr eine »All-you-can-eat«-Portion Trollkeile.

»Das is' für Deine kalten Griffel!«, riefen sie, bissen, kratzten und zwickten – und die bösen Männlein

ließen erst ab, als der Mirko eine Platte des Plattenbauorchesters auflegte. Da nahmen die Trolle Reißaus in den Märchenwald – denn, liebe Kinder, Trolle
hassen hochwertige Tanzmusik!

Und der Mirko sprach: »Das kannste also ooch
nich'! Aber Du bist nu' ma' schön wie zwei frisch lackierte Garagentore, deswegen machste jetzt 'ne In-
stagrimmkarriere! Hier hasten Bikini! Ich hol' die
Kamera.«

Doch kaum hatte Schackeline die Bikini-Fotos bei
den Gebrüdern Instagrimm hochgeladen, da prassel-
ten die bösen Kommentare nur so auf sie hernieder.
Und die User schrieben viele hässliche Dinge, unter
anderem, dass sie wohl Instagrimm mit den Weight-
Watchers verwechselt hätte und einer sagte, der Elefant aus dem Zoo hätte angerufen, weil er seinen Hintern wiederhaben wolle. Und viele männliche User
schickten unaufgefordert Fotos ihrer Einhandhebel-
mischbatterie, garniert mit Angeboten für einschlägi-
ge Installationsarbeiten.

Da heulte die Schackeline wie die schlecht geölte
Schubkarre einer polnischen Feierabendbrigade, und
der Mirko Quarkbein sprach: »Als Influenzerin biste
also ooch nich' ze gebrauchen. Na, Du bist ja unge-
fähr so nützlich wie e' Kühlschrank in der Antarktis.
Ich frag ma' in der Pizzeria, ob die 'ne Tellerschubse
brauchen.«

Und der Schackeline half kein Jammern, sie musste von nun an in der Pizzeria aushelfen. Da musste
sie die sauerste Arbeit tun und im Frühjahr, Sommer,

Herbst und Winter Pizza Vier Jahreszeiten backen. Manchmal, wenn eine Pizza nur zum Scherze bestellt worden war oder sie nicht abgeholt wurde, dann durfte sich die Schackeline die Pizza mitnehmen. Davon ernährte sie sich und den Mirko Quarkbein. Und damit die Pizza warm blieb, versteckte sie sie immer unter ihrem Rock.

Eines Tages musste sie eine Pizza Audi Quattro mit extra Edelsteinen an den Hof des Königs Trottelbart ausliefern, wo gerade ein rauschendes Fest im Gange war. Und um einen Blick zu erhaschen auf all die Pracht und Herrlichkeit, auf die reichen Edelleute und ihre botoxabhängigen, schlauchbootlippigen Ehefrauen, stellte sie sich vor die Saaltüre und blickte durchs Schlüsselloch.

Doch sogleich flog die riesige Flügeltüre auf, und vor ihr stand ein König in kostbarem Gewand. Und um ein Haar hätte sie ihn nicht erkannt – doch weil er aussah wie ein Trottel, so erschrak sie sehr, denn es war der König Trottelbart, den sie als Freier mit Hohn und Spott abgewiesen hatte.

Weil die Schackeline so schön war wie zwei frisch lackierte Garagentore, wollte der junge König Trottelbart sogleich mit ihr tanzen, und er sprach: »Ein Lied, zwo, drei, vier!«, und sofort begann die Band ein Elvis Presley-Medley zu spielen, und er ergriff die Schackeline, so sehr sie sich auch dagegen sträubte, und wirbelte mit ihr über das Parkett in einem wilden Rock'n Roll-Tanz! Doch nachdem er, gegen ihren ausdrücklichen Willen, einige Hebe- und Wurffiguren mit der Schackeline vollführt hatte, da lösten sich die Pizzen unter ihrem Rock und flogen wie die Frisbees im Saale umher.

Und eine Pizza Vier Jahreszeiten drehte sich in der Luft so schnell, dass sie in der Mitte auseinanderriss, und der Sommer und der Herbst in die eine Ecke des Raumes flogen und Winter und Frühling in eine andere. Und eine Pizza Hawaii landete wie eine Mütze auf dem Kopf von König Klaus Klops dem Cholerischen.

Sein Leibdiener und Ankleider Guido Quietschmann sprach: »Also, Majestät könn' sowas tragen! Das steht ooch' nisch jeden! Majestät haben den idealen Nischel für so was!«

Und König Klaus Klops der Cholerische tobte: »Welcher Idiot hat diese an un' für sich wunderbare Pizza mit Ananas versaut? In den tiefsten Kerker mit dem Schweinehund!«

Der ganze Saal und die ganze Gesellschaft lachten über die arme, dumme Schackeline, die mit Pizza unter dem Rock zum Rock'n Roll Tanzen gekommen war.

»Ach, du Scheiße!« rief Schackeline, lief rot an wie ein Pavianhintern und rannte davon, so schnell sie ihre vier Kilo schweren Eichenholzpantoffeln trugen. Doch schon auf der Treppe wurde sie von einem Manne eingeholt, der da rief: »Na, sowas! Hier gibt's ja Schuhe im Sonderangebot!«

Da verfiel die schöne Schackeline Quarkbein sofort in die für Schuhsonderangebote typische Saustarre. So brauchte der Mann sie nur noch wie einen

Plastesack voll Rindenmulch über seine Schulter zu werfen und sie zurück in die Thronstube zu bringen. Dort sprach er ihr freundlich zu: »Fürchte Dich nicht, Schackeline! Ich hab' Dich bloß bissel geprankt. I bims doch bloß, der Mirko Quarkbein! Ich hab' mich doch nur verkleidet und mein' Horst Lichter-Bart abrasiert und Du Eibemme hast's voll gegloobt! Und ich muss Dir noch was sagen: Die Trolle, die Dich vermöbelt ham, die hab' ich selbst so programmiert! Du hätt'st ma' Dein Gesicht seh'n soll'n! Und all das hab' ich nur gemacht, um Deinen stolzen Sinn zu beugen und Dich für Deinen Hochmut zu strafen, mit dem Du mich verspottet hast! Aber das allerbeste kommt zen Schluss: Der Shitstorm wegen Dein' fetten Arsch bei Instagrimm, das bin ooch ich gewesen! Un' nu' könn' mor heiraten!«

»Nich' so schnell!«, rief da die Schackeline. »Ich heirate doch nich' die Katze im Sack! Dreh' Dich ma' um, damit ich Dich ooch ma' von hinten seh'n kann!«

Und sogleich drehte sich der König Trottelbart, alias Mirko Quarkbein, um und zeigte der Schackeline sein prächtiges, edelsteinverziertes Hinterteil. Doch statt es fachmännisch zu vermessen oder wenigstens wohlwollend zu begutachten, holte Schackeline weit aus und trat dem König Trottelbart mit solcher Wucht in seinen königlichen Popser, dass er in hohem Bogen kopfüber ins kalte Buffet flog, wo er mit seiner königlichen Rübe in einem Sektkühler steckenblieb.

Und die Schackeline tobte: »Der Shitstorm wegen mein' fetten Arsch – das warst DUUUU??? Was stimmt'n mit Dir nich', Du Bratwurscht? Drei Monate hab' ich rund um die Uhr heulend vorm Spiegel gestanden und seit 'n Dreivierteljahr bin ich deswegen in Psychotherapie, Du Arschgeische! Zweehunnort Puls hab' ich balde, doo!«

Und der kugelrunde König Klaus Klops, der Cholerische, der noch immer mit seiner Pizzamütze Hawaii im Publikum saß, hörte seine Tochter Schackeline so garstig schimpfen und sprach mit Tränen der Rührung in den Augen: »Zweehunnort Puls hat se, meine Kleene! Ganz der Vati! Schnief! Ich bin sooo stolz! Jetzt is' zen Glück doch noch was aus der geworden!«

Inzwischen war der König Trottelbart aus den rauchenden Trümmern des Buffets emporgestiegen und irrte mit dem Sektkühler auf dem Kopf orientierungslos durch die Thronstube. Und es musste erst der Schmied gerufen werden, der mit drei seiner stärksten Gesellen herbeikam, um den König Trottelbart zu befreien. Lange mussten sie den Sektkühler mit ihren schweren Vorschlaghämmern bearbeiten, ihn mit Griebenschmalz einschmieren und daran ziehen, bis er sich mit einem lauten »Plopp« vom Kopf des Königs löste. Und König Trottelbart sprach: »Aua. Kann ich ma' bitte 'n Eisbeutel und zwei Aspirin ham?«

Doch als die Schackeline nun sein Gesicht sah, da stand ihr Herz sogleich vor Liebe in Flammen, denn während die rußverschmierten und stark behaarten Schmiedegesellen den Sektkühler mit ihren Vorschlaghämmern bearbeitet hatten, da hatten sie durch einen glücklichen Treffer auch das schiefe

Kinn des Königs Trottelbart wieder geradegebogen. Und weil dies sein einziger Makel gewesen war, ward der König Trottelbart nun der schönste Mann im sächsischen Märchenwald.

Und die Schackeline sprach: »Also: Für mich is' ooch die sechste Stunde. Und mir wollen ja ooch bloß heeme! König Trottelbart – Du un' ich sin' ja jetze quasi quitt. Da kömmor jetze ooch heiraten, aber schnell! Ich steh' nämlich unten im Burgparkhaus und das wird langsam teuer! Hier muss mor nämlich jede angefangene Stunde voll blechen. Also? Wird's bald?«

Da heiratete der König Trottelbart ganz schnell die Schackeline und sie schaffte es gerade noch aus der Tiefgarage, ohne eine neue Stunde angefangen zu haben. Und die beiden lebten fröhlich und quietschvergnügt bis an ihr Lebensende. Und sie bekamen unzählige, bildschöne Kindelein. So viele, dass es gar nicht auffiel, wenn sich der Fuchs ab und zu mal eins holte ...

# Der Wolf
## und die sieben sächsischen Geißlein

*E*s war einmal eine alte Geiß, die wohnte in Pirna-Herzegowina, die hatte sieben junge Geißlein und hatte sie lieb, wie eine Mutter ihre Kinder lieb hat.

Eines Tages wollte sie in den Wald gehen und Futter holen, da rief sie alle sieben herbei und sprach: »Liebe Kinder! Ich muss jetzema schnell zum Märchenwald – Supermarkt, ich brauche noch Spaghetti, Letscho, Jagdwurscht, Toastbrot, Schampus und für die Große 'ne neue Handyhülle. Na … und Margarine. Und Tomaten. Und Vogelfutter für die Kuckucksuhr. Und ich sache Euch eens: Pfoten weg von meinem Hufnagellack, sonst is' hier Achterbahn!«

Die Geißlein riefen: »Zu Befehl, Mutti!«

»Und noch eens: Kee offenes Feuer im Kinderzimmer!«, fügte die Alte hinzu.

Da riefen die Geißlein enttäuscht: »Ooooooor!«

»Ach, jetzt weiß ich, was ich eigentlich sagen wollte: Nehmt Euch in Acht vor dem Wolf, wenn der reinkommt, so frisst er Euch alle mit Haut und Haar, samt Flip-Flops! Der Bösewicht verstellt sich oft, aber an seiner rauen Stimme und an seinen schwarzen Füßen werdet ihr ihn gleich erkennen.«

Die Geißlein sagten: »Liebe Mutti, wir wollen uns schon in Acht nehmen, Du kannst ohne Sorge fortgehen, bitte bringe aber noch zwei Tüten Chips un' e' paar Quetschies mit!«

Da freute sich die Alte und machte sich eilig auf den Weg. Noch aus der Ferne hörte man sie fröhlich meckern. Vielleicht war es aber auch der kaputte Auspuff von ihrem Moped Simson S51 E Viergang, mit zwei Rückspiegeln und Enduro-Auspuff.

Es dauerte nicht lange, so klopfte jemand an die Haustür und rief: »Macht auf, Ihr lieben Kinder, Eure Muddi ist da und hat jedem von Euch etwas mitgebracht!«

Aber die Geißlein hörten an der rauen Stimme, dass es der Wolf war. »Vergiss es! Mir machen ne off!«, riefen sie. »Du bist nicht unsere Mutter – die hat eine feine, liebliche Stimme, aber Du klingst wie dor Rod Stewart nach 'nor Kiste Bier und 'nor Stange Karo ohne Filter – ganz klar, Du bist der Wolf.«

Da ging der Wolf zu einem Schreibwarenladen und kaufte sich ein großes Stück Kreide, einen Kasten Eierlikör und verputzte alles an Ort und Stelle und machte so seine Stimme fein. Dann kam er zurück, klopfte an die Haustür und rief: »Macht auf, Ihr lieben Kinder, Eure Mutti ist da und hat jedem von euch was mitgebracht. Was hab' ich hier? E' paar Barbies, 'n ferngesteuerten Trabbi und 'n ganzen Plastebeutel voller Pokemon-Gelumpe!«

Aber der Wolf hatte seine schwarze Pfote in das Fenster gelegt – das sahen die Kinder und riefen: »Alter, vergiss es! Wir machen nicht auf, Du hast ja e' schwarzen Fuß wie e' Schornsteinfeger am FKK-Strand! Und außerdem bist Du mit 'ner Jawa 350 da, und uns're Mutti hat 'ne Simson S51 E, Viergang, mit zwei Rückspiegeln und Enduro-Auspuff, die erkenn' mir quasi am Klang ... Du bist der Wolf!«

Da lief der Wolf zu einer Pizzeria und sprach: »Ich habe mich am Fuß gestoßen und meine Krankenversicherung nicht bezahlt, streiche mir Teig darüber!«

Der Pizzabäcker Luigi aber erwiderte: »Passe auf, kannste Du vergesse! Isse kanne Dir Fusse nur überbacke mitte Käse!«

Darauf der Wolf: »Scheiße, hier bin ich falsch!« Sogleich lief er zum Baumarkt und suchte einen Verkäufer. Als er zwei Stunden später zufällig einen Mitarbeiter fand, der sich hinter einem Betonmischer versteckt hatte, rief er: »Hier, Baumarktbüttel, mache mir meinen Fuß weiß!«

Der Mitarbeiter strich sich die Spinnweben aus dem Haar und sagte leise: »Das kammor ni' so einfach weiß machen, so'n Fuß muss mor vorher mit Teig grundieren!«

Das ließ der Wolf nicht gelten und fraß den Mitarbeiter an Ort und Stelle auf. Inklusive seines festen Schuhwerks. Angst vor Entdeckung hatte der Wolf nicht, denn das Fehlen eines Baumarktmitarbeiters fällt in der Regel niemandem auf.

Nun eilte der Wolf zum Bäcker. Er drängelte sich vor und sagte: »Hier, alter Brotschubser, mache mir meine Pfote weiß! Ich will nämlich die sieben Geißlein verarschen und danach glei' fressen – aber, wenn ich mit so 'ner schwarzen Pfote ankomme, glooben die mir ne', dass ich denen ihre Muddi bin.«

Da wurde dem Bäcker angst und bange, denn er fürchtete, der böse Wolf könnte vorhaben, die sieben Geißlein zu verarschen und sie danach gleich zu fressen. Der Bäcker sagte: »Nee, nee, da mach' ich ne' mit! Außerdem bediene ich nur Veganer!«

Der Wolf aber sprach: »Ich habe in meinem Bauch schon einen schmackhaften Baumarktmitarbeiter, wenn du dich weigerst, wirst du ihm in meinem Magen Gesellschaft leisten!«

Der Bäcker musste kurz nachdenken, denn er hätte nach vielen Jahren gerne mal wieder einen echten Baumarktmitarbeiter gesehen, entschied sich dann aber doch dagegen, fügte sich dem Willen des Wolfes und machte ihm mit Teig und Mehl die Pfote weiß.

Mit einem geklauten Simson-Moped fuhr der Bösewicht zum dritten Male zu der Haustüre der Geißens, klopfte an und sprach: »Macht mir auf, Kinder, euer liebes Mütterchen ist heimgekommen und hat jedem von Euch aus dem Märchenwald-Supermarkt etwas mitgebracht.«

Die Geißlein riefen: »Zeig uns erschtma' Deine Pfote, damit wir wissen, dass Du auch wirklich unser liebes Mütterchen bist.« Da legte er die Pfote ins Fenster, und als sie sahen, dass sie weiß war, so glaubten sie, es wäre alles wahr, was er sagte und machten die Türe auf.

Wer aber hereinkam, das war der Wolf! Die richtige Mutti suchte nämlich noch im Märchenwald-Ein-

Euro-Shop die passende Handyhülle für die Große. Die Geißlein erschraken und wollten sich verstecken. Das eine sprang unter den Fliesentisch, das zweite machte einen Köpper in die Kloschüssel, das dritte in den Geschirrspüler, das vierte hinter den Fernseher, das fünfte Geißlein setzte sich schnell in die Glasvitrine der DDR-Schrankwand und hielt sich die Augen zu, das sechste sprang ins Aquarium und versuchte auszusehen wie ein Fisch – nur das siebente und kleinste Geißlein war clever und fragte: »Alexa? Wo kammorn sich hier am besten vorsteck'n?«

Alexa sprach: »Mach es doch wie im Märchen vom Wolf und den sieben Geißlein und verstecke Dich im Uhrenkasten!«

»Gott, bist du schlau!«, sagte das kleine Geißlein und versteckte sich im Uhrenkasten.

Aber der Wolf fand sie alle und machte kein langes Federlesen! Eins nach dem anderen schob er gierig in seinen Rachen; nur das jüngste in dem Uhrenkasten, das fand er nicht. Als der Wolf satt war, trollte er sich fort, und weil er auf seiner Simson so eierte, ließ er sie alsbald stehen, legte sich kurz vor Bad Schandau ans Elbufer auf die grüne Wiese unter einen Baum und fing an zu schlafen.

Nicht lange danach kam die alte Geiß aus dem Märchenwald-Supermarkt wieder heim. Ach, was musste sie da erblicken! Die Haustüre stand sperrangelweit auf, der Fliesentisch, Stühle und die blöde, alte, durchgesessene Couch waren umgeworfen, das Aquarium war ratzeputz ausgetrunken, die Spielkonsole war runtergefallen, möglicherweise war sie jetzt sogar defekt! Decke und Kissen waren aus dem Bett gezogen.

Die Geiß dachte: »Das kann doch wo' ne' wahr sein, wie sieht denn das hier aus? Biste eema ne heeme, feiern die Wänstor hier 'ne Party! Wehe, die ham mei' Gras gefressen!«

Sie suchte ihre Kinder, aber nirgends waren sie zu finden. Da rief sie ihre sieben Töchter besorgt nacheinander beim Namen: »Schackeline, Constanze, Sindy, Waltraud, Jennifer, Günter, Cornelia!«

Endlich, als sie an das Jüngste kam, da rief eine feine Stimme: »Liebe Mutti, ich stecke im Uhrenkasten.«

Sie holte es heraus und Cornelia erzählte ihr, dass der Wolf gekommen wäre und die anderen alle gefressen hätte. Da könnt Ihr Euch vorstellen, wie sie über ihre armen Kinder geweint hat!

»Wer soll denn jetzt für mich sorgen, wenn ich mal in Rente geh'?«, heulte sie. »Außerdem fehlt jetzt sechsmal Kindergeld in der Haushaltskasse! So eine Scheiße mit der Scheiße! Zweehunnort Puls hab ich balde, dooo ...«


Endlich ging sie in ihrem Jammer hinaus zur Bushaltestelle und das jüngste Geißlein lief mit. Kurz vor Bad Schandau sah sie aus dem Busfenster den schlafenden Wolf mit dickem Bauch und rief: »Stopp! Wir müssen hier aussteigen!«

Der Busfahrer erwiderte pflichtgemäß: »Hier is' aber keene Haltestelle!«

Da griff die alte Geiß zu einer List und sagte zum Busfahrer: »Meiner kleenen Cornelia is' schlecht, wenn Sie nich' anhalten, reihert die Ihnen den kompletten Bus voll, müssen Sie selber wissen!«

Der Busfahrer leitete daraufhin sofort eine vorschriftsmäßige Gefahrenbremsung ein, und während die anderen Passagiere lustig durch den Mittelgang nach vorne purzelten, verließen Geiß und Geißlein den Bus.

Als sie auf die Wiese kamen, so lag der Wolf an dem Baum und schnarchte, dass der Basteifelsen wackelte. Bis heute ist das beliebte Ausflugsziel deshalb für Besucher gesperrt. Geiß und Geißlein betrachteten den Wolf von allen Seiten, piksten mit Mutters Schirm in seinen Wanst und sahen, dass in seinem angefüllten Bauch sich etwas regte und zappelte.

»Ach Gott,« dachte sie, »entweder hat der Wolf zu viel Chili von Carne gefressen – oder meine armen Kinder sind noch am Leben!«

Da musste das Geißlein Cornelia flugs nach Hause trampen und eine Schere und den Tacker holen. Dann schnitt Mutter Geiß dem Ungetüm den Wanst auf, und kaum hatte sie einen Schnitt getan, so streckte schon ein Geißlein den Kopf heraus und rief: »Muddi! Hast Du an die Chips und die Quetschies gedacht?«

Und als sie weiter schnitt, sprang die Große aus dem Bauch und sagte: »Das sieht doch e' Blinder mit Krückstock, dass die Handyhülle nicht passt. Mutti, Du bist so peinlich!«

Für einen Augenblick überlegte die Geiß, ob es nicht doch besser wäre, ihre missratenen Wänster in dem Wolfsbauch zu lassen – entschied sich aber dann doch dafür, sie allesamt zu retten, um ihnen am Abend eine maßgeschneiderte Tracht Prügel und mindestens 14 Tage Fernsehverbot zu verabreichen. Denn, liebe Kinder, Strafe muss sein!

Jedenfalls sprangen nacheinander alle sechs heraus und waren noch alle am Leben und hatten nicht einmal Schaden gelitten, denn das Ungetüm hatte sie vor lauter Gier unzerkaut hinuntergeschluckt. Das war eine Freude! Da herzten sie ihre liebe Mutter!

Und ehe sie sich's versahen, kletterte auch der Baumarktmitarbeiter aus dem Wolfsbauch und sprach: »Ich bin gar kein Baumarktmitarbeiter, sondern ein verwunschener Gas-Wasser-Scheiße-Installateur! Hundert Jahre habe ich mich im Baumarkt hinter einem Betonmischer vor den Kunden versteckt, doch nun bin ich frei, und kann wieder nach Herzenslust Gas, Wasser und Scheiße installieren!«

Dann dankte er der alten Geiß als seiner Lebensretterin, versprach Ihr zwanzig Prozent Rabatt auf die nächste Rohrverstopfung, hopste fröhlich und mit großen Sprüngen in Richtung Landstraße und ward nimmermehr gesehen.

Doch Schackeline, Constanze, Sindy, Waltraud, Jennifer, Günter und Cornelia bekamen nichts davon mit, denn sie hüpften vor Vergnügen, wie auf einer biogasgefüllten Hüpfburg, und riefen: »Nochmal,

Mutti! Der Wolf soll uns noch mal fressen! Das war so lustig!«

Die Alte aber sagte: »Schluss jetzt! Sucht ma' bitte e' paar Wackersteine, vierhunnort sechziger Rollsplitt und e' bisschen recycelte Autobahn, damit wollen wir dem bösen Tier den Bauch füllen, solange es noch im Schlafe liegt.«

Da schleppten die sieben Geißlein so schnell Pflastersteine herbei, dass jeder Autonome in Dresden Neustadt vor Neid erblasst wäre, und steckten sie dem bösen Wolf alle in den Bauch. Dann tackerte ihn die Alte in aller Geschwindigkeit wieder zu, dass er nichts merkte und sich nicht einmal regte. Als der Wolf endlich ausgeschlafen hatte, machte er sich auf die Beine, und weil ihm die furztrockenen, blöden Steine im Magen so großen Durst bereiteten, so wollte er zu einem Brunnen gehen und trinken. Als er aber anfing zu gehen und sich hin- und her zu bewegen, so stießen die Steine in seinem Bauch aneinander und rappelten.

Da rief er: »Was rumpelt und pumpelt in meinem Bauch herum? Ich meinte, es wären sechs Geißlein und ein Baumarktmitarbeiter, aber irgendwie fühlt sich das an wie vierhunnort sechziger Rollsplitt, bissel recycelte Autobahn und Pflastersteine.«

Und als er an den Brunnen kam und sich über das Wasser bückte und trinken wollte, da sah er sein Spiegelbild und erschrak: »Ach, du Scheiße! Der böse Wolf! Na hoffentlich frisst der mich nicht!« Aber zu spät! Die schweren Steine zogen ihn hinein in den Brunnen und er musste jämmerlich ersaufen!

Als die sieben Geißlein das sahen, da kamen sie herbeigelaufen und riefen laut: »Der Wolf ist tot! Der Wolf ist tot!«

Und sie tanzten mit ihrer Mutter vor Freude um den Brunnen herum und riefen immer wieder: »Wir sind Volk! Wir sind das Volk!« Die Schackeline, die Constanze, Sindy, Waltraud, Jennifer, die Günter und die Cornelia. Na, und die Mutter, die Schustern aus der Dritten. Die alte Ziesche …

# Rapunzel im Homeoffice

*E*s war einmal ein Mann und eine Frau, die Simone und der Ronald, die wohnten in Borna-Herzegowina. Da, wo der Sommer nie vergeht! Die beiden wünschten sich schon lange ein Kind, und endlich machte sich die Frau Hoffnung, ihr Wunsch werde in Erfüllung gehen.

Die beiden hatten in ihrem Plattenbau ein kleines Fenster, daraus hatte man einen herrlichen Ausblick auf die Gartensparte »Zur schiefen Schaufel«. Ein Garten war besonders schön. Der stand voll der lieblichsten Runkeln, Brennnesseln und Knöteriche. Er war aber von einem hohen Zaun umgeben, und niemand wagte hineinzugehen, weil er der bösen Nachbarin, Frau Uhlig, gehörte, die ein böses Maul hatte und vor aller Welt gefürchtet ward.

Eines Tages stand Simone an ihrem Fenster und sah in den Garten hinab, da erblickte sie eine wackelige Laube, durch deren Türe man einen Zweijahresvorrat feinsten Klopapieres erspähen konnte: »Rapunzel soft, achtlagig mit Pfirsichduft«

Das Papier sah so weich und poposchmeichelnd aus, dass es in ihrem Bauche sogleich rumorte und sie das größte Verlangen empfand, sich ausgiebig ihrer heimlichen Leidenschaft, dem Stuhlgange, zu widmen. Das Verlangen nahm jeden Tag zu, aber da sie wusste, dass sie keine der so begehrten Rollen bekommen konnte, wurde sie schwermütig und sah blass und elend aus.

Da erschrak der Mann Ronald und fragte zärtlich: »Was is'n los mit Dir, Du alte Hippe?«

»Ach …«, antwortete sie, »wenn ich kein Rapunzel soft, achtlagig Superflausch mit Pfirsichduft aus dem Garten hinter unserem Haus bekomme, so sterbe ich, Ronald! Also mache was, Du Vochel!«

Der Mann, der sie trotzdem liebhatte, dachte: »Ehe Du deine Frau sterben lässt, holst Du ihr von dem Klopapiere, es mag kosten, was es will!«

Kurz nach GZSZ stieg er also über den Zaun in den Garten der bösen Frau Uhlig, brach in die wackelige Laube ein und stahl eine Rolle Rapunzel soft, achtlagig Superflausch mit Pfirsichduft. Er gab sie seiner Frau und sie verschwand sogleich auf dem Abort und ward für Stunden nicht mehr gesehen, wenngleich ihr freudiges Jauchzen bis zum Konsum Scharnhorststraße zu vernehmen war. Das Ganze hatte ihr so eine große Freude bereitet, dass sie den anderen Tag noch dreimal so viel Wanstrammeln bekam. Sollte sie Ruhe haben, so musste der Mann noch einmal in den Garten steigen.

Er machte sich also nach der Sportschau wieder hinab. Als er aber den Zaun herabgeklettert war, erschrak er gewaltig, denn er sah die böse Nachbarin Frau Uhlig vor sich stehen!

»Sagen sie ma', sie ham wo' e' Ei am Kopp! Klopapier klauen, ich gloobe es hackt! Ich hole glei' de Polizei!«, rief sie erbost.

»Also, Momentema hier …«, antwortete er. »Liebe böse Frau Uhlig, das muss doch jetze ni' sein, lassen sie doch Gnade vor Recht ergehen, ich war in einer Notlage. Meine Frau hat das Rapunzel soft bei ihnen entdeckt! Aus Versehen! Und wissense, mir ham doch nur noch 'ne viertel Rolle Klopapier aus der DDR und das brauche ich als Sandpapier in der Tischlerei!«

Da regte sich die Alte ein bisschen ab und sprach zu ihm: »Wenn das alles stimmt und Du mir keen Mist erzählst, so will ich Dir gestatten, so viele Rollen Rapunzel soft mitzunehmen, wie Du willst. Allein, ich mache eine Bedingung: Du musst mir das Kind geben, das Deine Frau zur Welt bringt. Es soll ihm gut gehen und ich will für es sorgen wie eine Mutter im Wohngebiet Fritz Heckart.«

Ronald sagte in seiner Angst alles zu, und als die Frau darnieder kam, so erschien sogleich die böse Nachbarin und nahm das Kind mit sich fort. Und weil der Name »Rapunzel soft, achtlagig Superflausch mit Pfirsichduft« zu lang gewesen wäre, rief sie es fortan kurz »Rapunzel«. Rapunzel ward die schönste Maid unter der Sonne.

Als sie in das Alter kam, in dem sie ihre ersten peinlichen Bauchfrei-Videos bei Tik-Tok hochlud, warf die böse Nachbarin Rapunzel in einen Turm, in dem seit Jahrzehnten der Fahrstuhl defekt war: In den Dresdner Fernsehturm! Nun trug es sich zu, dass die Seuche Carola über das Land kam und nur noch system-relevante Gewerke öffnen durften: Der Hufschmied, der Quacksalber und der Käse-Mike. Und weil es auch den Barbieren verboten ward, noch Haare zu schneiden, wuchs Rapunzels Haar immer weiter, bis es so lang war wie ein Tatort mit Jan Josef Liefers. Wenn nun die böse Frau Uhlig in den Turm wollte, so brauchte sie sich nur unten hinzustellen und zu rufen:

>>*Rapunzel, Rapunzel,*
*lass' mir Dein Haar herunter!*<<

Rapunzel hatte lange, prächtige Haare, fein wie gesponnen Gold. Wenn sie nun die Stimme der Frau Uhlig vernahm, so band sie ihre Zöpfe los, wickelte sie oben um einen Fensterhaken, und dann fielen die Haare einhundertfünfundvierzig Meter tief herunter, und die Alte stieg daran hinauf.

Nach ein paar Jahren trug es sich zu, dass der schöne Enrico aus Burgstädt sich nach dem Genuss mehrerer Fliegenpilze im Wald verirrte und so ganz zufällig am Dresdner Fernsehturm vorbeikam. Er hörte einen Gesang, der war so lieblich, dass er stille hielt und horchte:

>>*Hör off de Uhlig – hör was sie sagt,*
*sie gibt Dir 'en Rat und das meistens ungefragt …*<<

Das war Rapunzel, die sich in ihrer Einsamkeit die

Zeit damit vertrieb, ihre süße Stimme erschallen zu lassen. Der schöne Enrico wollte zu ihr hinauffahren, doch am Fahrstuhl stand: Außer Betrieb!

»Na Klasse«, brummte Enrico, »Danke für nüscht!« Er irrte heim, doch der Gesang hatte ihm so sehr das Herz gerührt, dass er jeden Tag in den Wald ging und zuhörte.

> *»Mein Haar wächst schneller als Deins,*
> *dor Steffen Lukas hat keins ...«*

Als er einmal so hinter einem Baum stand, sah er, dass eine alte, böse Schachtel herankam und hörte, wie sie hinaufrief:

> *»Rapunzel, Rapunzel,*
> *lass mir Dein Haar herunter.«*

Da ließ Rapunzel die Haarflechten herab, und die böse Frau Uhlig stieg zu ihr hinauf.

Enrico sprach zu sich: »Na sag's doch glei', ich dachte schon, ich muss dort noff loofen, das is' ja e' geiler Livehack mit den Haaren, das probier' ich morschen glei' ma' aus!«

Und den folgenden Tag, als es anfing, dunkel zu werden, ging der schöne Enrico abermals zu dem Turme und rief:

> *»Furunkel, Furunkel,*
> *schmeiße Quark herunter.«*

Doch als sich im Turm nichts rührte, nahm er sein iPhone zur Hand, und informierte sich auf der Website der Gebrüder Grimm über die korrekte Formulierung.

*»Ach hier steht's doch:*
*Rapunzel, Rapunzel,*
*lass Dein Haar herunter!«*

Alsbald fielen die Haare herab und der schöne Enrico stieg hinauf. Anfangs erschrak Rapunzel gewaltig, als ein Mann zu ihr hereinkam, wie ihre Augen noch nie einen erblickt hatten. Seine vom Solarium getoastete Haut, seine kampfsportgestählte Frisur und sein »Mutti ist die Beste«-Tattoo konnten sie nicht beeindrucken, aber als sie seine zweieurostückgroßen Ohrtunnel erblickte, da war es um Rapunzel geschehen. Sie hatte sich immer einen Mann gewünscht, an dessen Ohren man prima Küchenutensilien, ja sogar Gartengeräte aufhängen könnte. Der schöne Enrico fing an, ganz freundlich mit ihr zu reden, und erzählte ihr, dass von ihrem Gesang sein Herz so sehr sei bewegt worden, dass es ihm keine Ruhe gelassen, und er sie selbst habe sehen müssen.

Da verlor Rapunzel ihre Angst, und als er sie fragte, ob sie ihn zum Enrico nehmen wollte, und sie begriff, dass er zwar doof, aber jung und schön war, so dachte sie: »Der wird mich lieber haben als die alte Frau Uhlig!«, und sie sagte «Ja!«, und legte ihre Hand in seine Hand.

Sie sprach: »Alles klar, keen Ding, Enrico, aber es

gibt noch 'n Problem, ich weiß doch gar nicht, wie ich hier wieder runterkommen soll.«

Enrico guckte wie ein tiefergelegter Golf, weil ihm auch nichts einfiel.

»Oder warte ma'«, sprach Rapunzel. »Mir machen's folgendermaßen. Wenn Du kommst, dann bringe doch einfach jedes Mal eine Rolle Klopapier mit! Ich will ein Seil daraus drehen, dann machen mir hier'n Fisch und hauen ab, auf Deiner Enduro!«

»Na, das klingt doch nach 'n Plan!«, sagte Enrico. »Gibbe mir five, Rapunzel, genau so machmors, da simmor off der sicheren Seite!«

Sie verabredeten, dass er bis dahin alle Abende zu ihr kommen sollte, denn bei Tag kam ja die Alte.

Die Frau Uhlig merkte auch nichts davon, bis einmal Rapunzel anfing und zu ihr sagte: »Sagen Sie ma', böse Frau Uhlig, ma' 'ne Frage: Kann das sein, dass Ihnen die Quarantäne nich' bekommen ist, dass Sie Ihre gehamsterten Ravioli alle off eema gegessen ham, oder warum sind Sie so fett geworden?«

Da erwidert die Alte: »Ich verstehe die Frage nich'!«

Rapunzel sprach: »Na, mein schöner Enrico ist viel schneller hier oben! Aber bei Ihnen, das dauert teilweise ... und außerdem ruppts mir balde die Extensions naus, so schwer sind Sie geworden!«

Da wurde die böse Frau Uhlig aber zornig und rief: »Ich habe mich wo' verhört? Muschebubu mid'n Enrico – du hast se woh ni' mehr alle! Zweehunnort Puls hab' ich, balde, dooooo!« In ihrem Zorne packte sie die schönen Haare der Rapunzel, griff eine Schere und ritsch, ratsch waren sie alle abgeschnitten, und die schönen Flechten lagen auf der Erde.

Da sprach Rapunzel: »Jetzt hab' ich zwar keen Spliss mehr, aber Spitzen schneiden hätte gereicht.« Rapunzel sah in den Spiegel und erschrak: »Scheiße, jetzt hab ich 'ne Platte, wie dor Steffen Lukas!«

Doch das war der Frau Uhlig noch nicht genug und sie schickte die arme Rapunzel mit dem Nachtbus ins Märchenwaldbad Klotzsche, wo sie in großem Jammer und ohne Klopapier leben musste. Den selben Tag aber, wo die alte böse Uhlig Rapunzel verstoßen hatte, machte sie abends die abgeschnittenen Flechten oben am Fensterhaken fest und wartete. Wieder kam der schöne Enrico kam und rief:

*»Ravioli, Ravioli, ich habe nichts drunter …,*
*äh, … Scheiße, ich hab's doch neulich erscht*
*gegoogelt, wie war das? Ach ja:*
*Rapunzel, Rapunzel,*
*lass' Dein Haar herunter!«*

Da ließ Frau Uhlig die abgeschnittenen Haare von Rapunzel hinab. Enrico stieg hinauf, aber er fand oben nicht seine liebste Rapunzel, sondern die alte Frau, die ihn mit bösen und giftigen Blicken ansah wie ein Falschparker die Politesse.

»Aha«, rief sie höhnisch. »Du willst die Liebste holen, aber das feine Fräulein Flittchen hat die Einbahnstraße nach Nirgendwo genommen! Für dich hat sich's quasi ausrapunzelt! Bumms, Aus, Trallala!«

Der schöne Enrico geriet außer sich vor Kummer, und in seiner Verzweiflung sprang er den Turm hinab. Er landete kopfüber auf einer illegalen Müllkippe, bestehend aus alten Autoreifen, allerlei Schruz und Spiddel sowie leeren Klopapierrollen. Das war sein Glück, denn so kam er mit dem Leben davon. Einzig sein Mundschutz, den er wegen der Carolakrise trug, war ihm über die Augen gerutscht.

Der schöne Enrico dachte, er sei für immer erblindet und irrte jahrelang im Walde umher und aß nichts als alte Autoreifen, Schruz, Spiddel und leere Klopapierrollen.

So rief er immer wieder: »So eine Scheiße, mit der Scheiße! Jetzt bin ich blind, und meinen Mundschutz hab' ich auch noch verloren!«

Er wanderte einige Jahre im Elend umher und geriet endlich ins Märchenwaldbad Klotzsche, wo Rapunzel mit den eineiigen Zwillingen Jens und Sabine, die sie inzwischen geboren hatte, kümmerlich vom Sold einer Fünfmeterturmwärterin lebte. Da vernahm er plötzlich eine liebliche Stimme:

»*Atemlos übern Platz,*
*in der Abwehr Hummels Matz ...!*«

Die Stimme kam dem schönen Enrico so bekannt vor, dass er sofort in ihre Richtung rannte und volles Rohr mit dem Nischel gegen den Fünfmeterturm vom Märchenwaldbad Klotzsche knallte.

Da erkannte ihn das Rapunzel und fragte: »Sage ma', schöner Enrico, wieso hast Du denn Deinen Mundschutz off'n Oochen, Du Depp?«

»Na, ähmd,« sagte der Enrico, »und ich dachte die ganze Zeit, ich wär' blind, dabei bin ich nur bleede!«

Rapunzel sagte: »Das is' doch nich' so schlimm, Enrico, Hauptsache, Du bist gesund und siehst einigermaßen gut aus!«

Da setzte er Rapunzel auf seine Enduro und fuhr mit ihr in den Sonnenuntergang. Sie bekamen so viele Kinder – mehr als der schöne Enrico zählen konnte: Nämlich drei. Und beide lebten glücklich und vergnügt bis an ihr Lebensende, vielleicht sogar noch länger ...

# Dr. Dr. Rumpelstilzchen

*E*s war einmal ein Millionär, der war arm wie eine Kirchenmaus, aber er hatte eine schöne Tochter namens Trulla. Und weil er als Millionär das Arbeiten nicht gewohnt war, dachte er sich eines Tages: »Wozu is'n die Trulla eigentlich gut? Ich schicke die einfach arbeiten ... Soll doch meine dumme Tochter Geld anschaffen, da habe ich mehr Zeit zum Tontaubenschießen! Mei' ganzer vierhundort Hektar großer Kleingarten is' voll damit. Das is' dieses Jahr 'ne richtige Tontaubenplage!«

Und wie er so gesprochen hatte, legte er die schöne Trulla quer über seinen Hengst namens Moped und ritt mit ihr durch den sächsischen Märchenwald bis zum schmiedeeisernen Tor vom Stahl und Walzwerk Senfhütte in Bautzen-Herzegowina und rief nach dem Personalchef Dr. Mirko Hanebüchen.

»Edler Personalheini!«, hub der Vater an zu sprechen. »Habt Ihr wohl Arbeit für eine Trulla?«

Da sprach der Personalheini Dr. Mirko Hanebüchen: »Das tut mir leid, ich verdiene hier schon alleene so viel, dass mir gar keen Geld mehr für weitere Angestellte ham. Außer vielleicht in der Schädlingsbekämpfung! Mir ham nämlich dieses Jahr 'ne ordentliche Tontaubenplage. Ich glooobe bald, die Biester ham von irgend so'm verwahrlosten Millionärskleingarten hier rüber gemacht. Wenn Ihre Trulla gut mit nor zweiläufigen Schrotflinte umgeh'n kann, kann se glei' losmachen!«

Da rief der Vater: «Lebensmüde, oder was? Für's Tontaubenschießen is' meine Trulla viel ze bleede! Das kannste vergessen! Eema hab' ich die mitgenomm'! Seitdem hab' ich 'ne derartige Ladung Schrot im Hintorn, dass die Sicherheitskontrolle am Dresdner Waldflughafen piept wie 'ne Aldi-Kasse an Weihnachten! Und außerdem sitzt seitdem meine Brille dauernd schief, ich hab' jetzt nämlich rechts nur noch e' halbes Ohr. Ausgeschlossen, nää, die muss was anderes machen!«

Da besann sich der Personalheini Mirko Hanebüchen: »Sagen Sie ma', die sieht doch balde aus, als wäre die in den Kosmetiktopp geflochen, die kann doch bestimmt Haare schneiden, da könnte die doch ma' schnell unsre Bücher frisieren!?«

Doch der Vater sprach: »Näää, bloß nich'! Guggen Se sich doch bitte auch ma' mei' linkes Ohr an! Da fehlt ooch die Hälfte, seit die mir in der Quarantäne die Haare geschnitten hat! Doof bleibt doof, da helfen keene Pillen!«

»Oh mein Gott!«, rief da der Personalheini. »Dann is' die ja derartig bescheuert, dass die höchstens noch in der Chefetage arbeiten könnte, aber da lungern auch schon genug Tagediebe rum und halten Maulaffen feil – aber warten Sie ma, ich rufe ma 'n Koch...«

Aus der Betriebskantine vom Stahl und Walzwerk Senfhütte Bautzen Herzegowina kam sogleich der sympathische Chefkoch Gernot Butterberg herbeigeritten, stieg von seinem stolzen Hausschwein und fragte mit lieblicher Stimme: »Was is' denn nu' schon widder, ich habbe keene Zeit! Gestern is' meine Senfbemmenfachkraft tot in die Soljanka gefallen! Das gab zwar 'ne sehr kräftige Soljanka, aber nu' muss ich die ganzen Scheiß-Senfbemm' selber schmieren!«

Da rief der arme Millionär: »Na hier! Meine Trulla macht die weltweit besten Senfbemm' im gesamten sächsischen Märchenwald. Kee Wunder, die is' ja selber 'ne totale Senfbemme!«

Und die schöne Trulla sprach: »Also, Senfbemme muss ich zwar erschtma googeln, Vati, aber hab Dank für deine lieben Worte!«

Der sympathische Koch legte sogleich die schöne Trulla quer über sein Hausschwein und ritt mit ihr im Schweinsgalopp in die Betriebskantine. Er führte sie in eine Kammer über deren Tür in goldenen Lettern »Senfbemmenmanufaktur« geschrieben stand. Die Kammer war zur einen Hälfte mit den schönsten Plasteeimern voller Senf und zur anderen mit den knusprigsten Broten gefüllt.

Der Koch sprach: »Wenn morschen die Frühschicht anfängt, müssen vierhunnortzweeunsechzichtausendzweehunnortsechsunzwanzsch Senfbemm' fertsch sein, sonst kommst Du ooch in de Soljanka. Ich muss wohl kaum erwähnen, dass die Soljanka dadurch sehr kräftig wird! Und eine kräftige Soljanka ist das Geheimnis hinter der Ausdauer und der Tatkraft der Werktätigen im Stahl und Walzwerk Senfhütte Bautzen!«

Und er verschloss die Türe, verschluckte den Schlüssel und verschwand.

Da weinte die arme schöne Trulla bitterlich, denn sie wusste sich keinen Rat und hatte in der Kammer auch kein WLAN, um im Forum auf www.senfbemme.de nachzufragen.

»Senfbemme, Senfbemme, so 'ne Scheiße, was weiß ich denn, wie mor Senfbemm' macht? Erscht der Senf und dann die Bemme – oder erscht die Bemme und dann der Senf ... na wie denn nu'? Ich könnt' bleede wer'n, wenn ich's nich' schon wäre!«

Da erschien plötzlich mit einem lauten Knall ein hässliches kleines Männlein, dessen Buckel so ausladend war, dass er im Straßenverkehr mit einem roten Fähnchen gekennzeichnet werden musste. Des Männchens Bauch war dick und rund, denn sein Lieblingsgetränk war warmes Schweineschmalz und sein Lieblingsessen war frittierte Schmalzbemme. Mit Speck. Und in Öl. Er roch hinten wie vorn nach Zwiebeln und totem Puma. Seine spreewaldgurkengroße Nase zierte ein knallroter Furunkel, und mit seinem schnöden Antlitz konnte man trefflich gekochte Eier abschrecken. Kurz, er war so unansehnlich, dass selbst die Geister in der Geisterbahn schreiend vor ihm Reißaus nahmen. Und als er einmal zur Wahl zum hässlichsten Gnom des Märchenwaldes angetreten war, wurden drei Jurymitglieder auf der Stelle blind. Dieses hässliche Männchen war der Betriebsarzt vom Stahl und Walzwerk Schwarze Pumpe in Bautzen-Herzegowina, Dr. Dr. Stielz.

Er sprach: »Guten Abend! Ich bin der Doppeldoktor Stielz. Warum ich zwei Doktortitel hab', weiß kein Mensch! Ich bin zwar hässlich wie ein Trafohäuschen um Mitternacht, aber dafür hab' ich auch 'n total miesen Charakter, und das passt ja immer gut zusammen. Und nun zu Dir, schöne Trulla, was gibt's 'n hier zu heul'n? Nebenan in der Schmiede hör'n die schon ihr'n eigenen Hammer nich' mehr bei Dein' Gejammer!«

»Ach!«, antwortete da das Mädchen. »Ich soll aus Senf und Brot Senfbemm' machen, aber ich habe doch gar kee Rezept! Was weiß ich denn, wie Senfbemme geht!?«

Da sagte das hässliche, kleine Männlein: »Senfbemme? Also für mich wäre das kee Problem, Senfbemme kann ich, aber ich fliege achtkantig aus der Liga für hässliche Märchenwaldschurken, wenn ich Dir einfach so 'n Gefallen tu. Also: Was hab' ich denn davon, wenn ich Dir helfe?«

Da sprach die schöne, dumme Trulla: »Ach, liebes, böses, hässliches, kleines Männlein! Ich hab' doch nichts, und mein Vater ist ein armer Millionär, der ist so geizig, von dem kriege ich nüscht, das einzige was ich hab', is 'n dicker Bauch. Und den hab' ich vom schönen Enrico … oder vom Käse-Mike … oder von den sieben schwer erziehbaren Zwergen, das weiß ich ooch nich' mehr so genau. Aber bevor ich den Wanst imdie Babyklappe stoppe, kannst 'n ham. Hauptsache du schmierst jetzt ma zackig die vierhunnortzweeunsechzichtausendzweehunnortsechsunzwanzsch Senfbemm', sonst lande ich morschen früh kopfüber in der

Soljanka, die dadurch angeblich sehr kräftig wird!«

Da musste der Dr. Dr. Stielz kurz überlegen, denn eigentlich hatte er überhaupt keine Lust eine ganze Nacht lang Senfbemmen zu schmieren, sondern hätte lieber mal ein Tellerchen sehr kräftige Soljanka gegessen. Doch dann gab er seinem schwarzen Herzen einen Stoß und schmierte die ganze Nacht Senfbemmen. Bei Sonnenaufgang kam auch schon der Koch Gernot Butterberg angewackelt und als er die vierhunnortzweeunsechzichtausendzweehunnortsechsunzwanzsch prächtigen, leckeren Senfbemmen erblickte, die golden in der sächsischen Morgensonne glänzten, kochte er seine kräftige Soljanka aus der Buchhalterin und heiratete stattdessen die schöne Trulla von der Stelle weg. Zusammen zogen sie in ein hübsches Fertighaus mit senffarbenem Zaun in Bautzen-Kleinwelka.

Kaum waren sie von ihren Flitterwochen in Senftenberg zurückgekehrt, da gebar die schöne Trulla dem Koch einen prallen Olaf.

Eines Tages klingelte das rote Diensthandy des Kochs und er sprach: »Butterberg?!« Und weiter: »Was? Ich habbe mich wo' verhört? Ein Mops? Kam in die Küche? Stahl dem Koch ein Ei? Ich komme sofort! Finger weg von meinen Eiern!« Er warf den Rennsattel auf sein Hausschwein und ritt von dannen, dass die Sau nur so quietschte, und es noch eine ganze Weile nach verbranntem Kotelett roch.

Kaum war er in einer Staubwolke hinter dem Horizont verschwunden, erschien der böse Betriebsarzt vom Stahl und Walzwerk Senfhütte Bautzen an dem bescheidenen Eigenheim der Familie Gernot, Trulla und Olaf Butterberg und sprach: »I bims! Der Dr. Dr. Stielz! Na? Frau Butterberg, was hammor denn vergessen?«

»Ach, naja …«, antwortete da die schöne Trulla, »eigentlich hab' ich alles vergessen, was ich in der Schule gelernt hab'. Außerdem wie mor sich de Schuhe zubindet und wer der Vater von mein' kleinen Olaf ist. Ehrlich gesagt, ich kann mir gar nüscht merken, was länger her ist, als 'ne Viertelstunde.«

Da sprach das kleine hässliche Männlein Dr. Dr. Stielz: »Papperlapapp! Deal is Deal! Ich hab' Dir fast 'ne halbe Million Senfbemm' geschmiert, ich habe ja jetzt noch 'n Tennisarm! Und wenn ich Dir nicht geholfen hätte, wärst Du jetzt 'n Tellerchen Soljanka! Und außerdem: Die Soljanka wäre dadurch deutlich kräftiger! Also rücke jetzt gefälligst den Olaf raus! Aber zackig!«

»Momentema! Nich so schnell!«, rief da die Trulla Butterberg. »So 'n wichtigen Deal, den hätte ich mir doch mit'n Kuli in die Handfläche geschrieben – und hier in meiner Hand steht nüscht von … Huch! … Ach, du Scheiße, hier steht's ja wirklich: vierhunnortzweeunsechzichtausendzweehunnortsechsunzwanzsch Senfbemm ist gleich ein Olaf! Na, klasse. So eine Scheiße, mit der Scheiße! Jetzt ham mir schon das ganze Kinderzimmer rosa gestrichen! Was das gekostet hat, und alles für die Katz! Zweehunnort Puls hab' ich, balde doo!«

Darauf begann sie mit dem Kopf auf die Tischplatte zu hämmern, heulte wie ein alter Schlosshund und schluchzte fortwährend: »Ich würde meinen Olaf jetzt doch umständehalber lieber behalten wollen ...«

Da bekam sogar der hässliche Dr. Dr. Stielz Mitleid, rieb sich nachdenklich seinen fiesen, funkelnden Furunkel auf seiner Nase und sprach: »Drei Tage will ich Dir Zeit lassen – wenn Du bis dahin meinen Spitznamen weißt, so sollst Du Deinen Olaf behalten!«

Da besann sich die Trulla Butterberg die ganze Nacht über auf alle Namen, die sie jemals gehört hatte, und weil ihr nichts Besseres einfiel als Rassel, Fussel, Ursel und Zwenni, engagierte sie den pensionierten Kommissar Bärbel Ehrlicher, der ehrenamtlich in der Firma Märchenwald-Inkasso als Talereintreiber tätig war. Der sollte sich aufmachen, die seltensten sächsischen Spitznamen aus der Bevölkerung heraus zu prügeln.

Am Abend kam der Kommissar Bärbel Ehrlicher mit einer langen Liste zu der Trulla Butterberg zurück und sprach: »Pass off, Puppe, ich hab' alle Spitznamen ermittelt: Die meisten heißen ›Aua‹, ›Offhörn‹, ›Das tut doch weh!‹, ›Ich habe doch gar nüscht angestellt!?‹ und ›Uli‹!«

Als nun am anderen Tag der hässliche Dr. Dr. Stielz herbeikam und fragte: »Na? Wie lautet mein Spitzname?«, da sagte die Trulla Butterberg: »Ich weiß es, Sie heißen ... ›Aua‹, ›Offhörn‹, ›Das tut doch weh!‹,

›Ich habe doch gar nüscht angestellt!?‹ oder ›Uli‹!«
Doch der Dr. Dr. Stielz freute sich, wie nur das Böse
sich freuen kann, und rief bei jedem Namen: »Nein!
So heiße ich nicht!«

Am nächsten Tag kam abermals der Kommissar Bärbel Ehrlicher zu der Trulla Butterberg und sprach:
»Frau Butterberg, ich habe heute Nacht beim Pilze-
sammeln im finsteren Wald eine Beobachtung gemacht! Ich kam an einen großen Berg, dort, wo die
Welt zu Ende ist, also fast schon bei de' Tschechen,
und da habsch gedacht, mir haut's 'n Vochel naus!
Huppt dort e' kleenes, dickes, hässliches Männlein
um sein rostigen Wohnwachen, und blääkt e' Zeuch
zusammen, das kannste Dir teilweise gar ne merken
– aber ich habe zum Beweise eine Tonaufnahme an-
gefertigt« Er fingerte umständlich sein veraltetes
Smartphone aus seiner »I love Polizei«-Umhängeta-
sche und spielte der Trulla Butterberg die Aufnahme
vor.

> »*Heute wird gesoffen,*
> *morgen getanzt,*
> *und übermorgen*
> *hol' ich mir*
> *der Butterberg ihr'n Wanst!*
> *Ach, wie gut, dass niemand weiß,*
> *dass ich Furunkelstilzchen heiß!*«

Da könnt ihr Euch denken, liebe Kinder, wie die
Trulla froh war, als sie den Namen hörte, und als bald

der kleine, böse, hässliche Dr. Dr. Stielz herbeikam und fragte: »Na? Frau Butterberg, wie lautet mein Spitzname?«, da fragte sie erst: »Heißen sie ›Eis am Stielz‹? Oder ›Besenstielz‹?«

Doch der böse Doppeldoktor sagte immer: »Nein, so heiße ich nicht – Also, lasse ma' fix den Olaf rüber- wachsen!«

Doch da sprach Trulla Butterberg: »Momentema! Een hab' ich noch! Heißen Sieeeeee ....... ›Furunkel- stilzchen‹?«

Da wurde der Dr. Dr. Stielz sehr zornig, bekam einen knallroten Kopf, dampfte aus seinen speckigen Öhrchen wie ein Schnellkochtopf und rief immerzu: »Das hat Dir die Märchenwaldstasi gesagt, das hat Dir die Märchenwaldstasi gesagt!« Und er stieß mit dem rechten Fuß vor Zorn so tief in die Erde, dass er bis an den Leib hineinfuhr, dann packte er in seiner Wut den linken Fuß mit beiden Händen und riss sich selbst mitten entzwei.

Nach einer kurzen, peinlichen Pause mussten alle laut lachen, sogar der zweigeteilte Dr. Dr. Stielz, alias Furunkelstilzchen.

Und als sie alle wieder Luft bekamen, sprach er: »Also, wenn ich lache, tut's noch bissel weh, aber, scheiß drauf, jetzt kann ich wenigstens zur Hälfte Homeoffice machen. Außerdem macht's jetzt endlich ma' Sinn, dass ich zwei Doktortitel hab'.«

Und mit großen Sprüngen verabschiedeten sich die beiden Hälften von Dr. Dr. Stielz mit jeweils einem Doktortitel in zwei unterschiedliche Richtungen.

Die doofe Trulla aber durfte ihren kleinen Olaf behalten, und er wuchs heran zu einem stattlichen Detlef. Der Detlef erbte von seiner Mutter den fehlenden Verstand, von den sieben schwer erziehbaren Zwergen die Schönheit, und von seinem Großvater, dem armen Millionär, erbte er den vierhundert Hektar großen Millionärskleingarten.

Und bevor der Großvater, mit reichlich Blei gepökelt, ins Himmelreich einging, sprach er zu seinem Enkel: »Or neje, Detlef. Wieso lade ich ausgerechnet Dich zum Tontaubenschießen ein?«

# Frau Holle an der Saale

*E*s war einmal eine Frau, die hieß Brigitte Schinkentorte und wohnte in einem Reihenendhaus in Delitzsch-Herzegowina. Sie war alleinerziehend, denn sie hatte ihren schüchternen Gatten, den Karlheinz Schinkentorte, mit ihrer Kratzbürstigkeit so lange traktiert, bis dieser eines schönen Tages vom Zigarettenholen nicht mehr zurückgekommen war. Brigitte Schinkentorte hatte zwei Töchter. Die Cornelia Schinkentorte, die war sehr lieb und fleißig. Und die Frauke Schinkentorte, die war böse und liederlich und selbst zum Nichtstun zu faul. Die Mutter hatte ihre faule Tochter aber viel lieber als die fleißige, weil deren Vater immer pünktlich Unterhalt gezahlt hatte. Mit dem Vater der fleißigen Cornelia hatte sie dagegen noch ein Chlorhühnchen zu rupfen.

Während die faule Frauke den ganzen Tag auf Märchenbook und Instagrimm surfte und wie ein Scheunendrescher Nudelbemme mampfte, musste die fleißige Cornelia alle Hausarbeit tun. Sie musste ihrer bösen Schwester maßgeschneiderten Döner vom Dönerschneider holen und die Fransen am Orientteppich kämmen, was selbst im sächsischen Märchenwald als vergleichsweise sinnlose Tätigkeit gilt.

Dann kam zu allem Überfluss ihre böse Mutter

und sprach: »So, mei' liebes Frollein! Du denkst wohl ooch, unser Online-Shop Pferdeersatzteile24 läuft von ganz alleene? Mache ma' bissel mit, hier! Mir ham über Nacht einen Haufen Bestellungen reinbekommen! Jetzt hauste erschtemal vierhunnortsechsunsiebzsch Bestellbestätigungen raus, dann packste die vierhunnortsechsunsiebzsch Pferdeersatzteile als Geschenk ein – und dann ab nach DHL!«

Die arme Cornelia Schinkentorte setzte sich in den Garten, neben den Goldfischteich, und begann, mit beiden Daumen zu tippen. Doch schon bald wurden ihre zarten Daumengelenke von Gicht, Gelenkkapselentzündung und rheumatischer Arthritis befallen, und das Handy entglitt ihren Händen und plumpste in den Goldfischteich. Sie bat die Fischlein im Wasser, ihr doch das Handy wieder zu geben, doch die bösen Fischlein zeigten ihr nur die Stinkeflosse und machten Selfies von sich und den Fröschen.

Da weinte die fleißige Cornelia wie ein tröpfelnder Kieslaster, lief zu ihrer Mutter und erzählte ihr alles.

Doch die Brigitte Schinkentorte war so unbarmherzig, dass sie sprach: »Wenn Du bleede genug bist, Dein Handy in den Goldfischteich ze schmeißen, dann kannste's ooch selber wieder rausfischen.«

Da ging das Mädchen zu dem Teich zurück und in seiner Herzensangst machte es einen Köpper in den Goldfischteich hinein, um das Handy zu holen. Die Cornelia Schinkentorte tauchte tiefer und tiefer, entdeckte allerlei Unrat, wie eine muschelbewachsene Autokarosserie und eine unsachgemäß entsorgte

Kühlgefrierkombination, und sie fand unter einem großen Seerosenblatt das verschollene U-Boot U-54. Dann kam sie am Wrack der Titanic vorbei, winkte Leonardi DiCaprio zu, dessen Skelett immer noch am Bug an der Reling stand – und verlor schließlich die Besinnung.

Als das Mädchen erwachte und wieder zu sich selber kam, war es im sagenumwobenen Industriegebiet Leuna, inmitten der lebensfeindlichen Salzwüste Sachsen-Anhalts, wo die Sonne sicher geschienen hätte, wenn nicht vieltausend rauchende Schlote den Himmel in den lieblichsten, chemischen Farben verdunkelt hätten. In Leuna irrte sie umher und kam schließlich an eine Pizzabude, aus der man den Pizzabäcker Luigi weithin jammern hören konnte: »So eine Seiße, mitte der Seiße! Isse musse Pizza Napoli zu Kunde bringe, bevore die Pizza wirde kalte! Aber isse 'abe noch eine Pizza inne Ofen, und die musse verbrenne, wenne iche jetze losfahre! Wasse solle iche nure mache? Ich werde noche bleede! Duecento Pulso habbe isse balde, doooo!«

Das hörte die fleißige Cornelia und sie sprach: »Bringe Du nur unbesorgt Deine Pizza Napoli ins sozial benachteiligte Wohngebiet am Rande des Märchenwalds, ich will so lange die Pizza Quattro Komposthaufen aus dem Ofen herausholen, ehe sie verbrennt.«

Und kaum hatte sie gesprochen, da jauchzte der Pizzabäcker Luigi und sprang breitbeinig aus dem Fenster im ersten Stock, auf den Sattel seines stolzen

Vespa-Motorrollers mit AC Mailand-Aufkleber, gab ihm die Sporen und galoppierte mit der gerade noch lauwarmen Pizza Napoli in Richtung des sozial benachteiligten Wohngebiets am Rande des Märchenwalds.

Das Mädchen tat indessen alles, wie sie es versprochen hatte, holte die Pizza Quattro Komposthaufen aus dem Ofen und ging weiter ihres Weges, um ihr Handy zu finden. Verzweifelt rief sie, so dass es durch den ganzen sächsischen Märchenwald schallte: »Handy! Handyyyyy! Wo bist du Handy? Komme her!«

Da kam sie an ein Spargelfeld, und die Spargel sprachen: »Du hast wo' 'n Ei am Kopp, Du Klapskopp von Märchenerzähler, mir sin' Spargel und könn' überhaupt ni' sprechen!«

Neben dem Feld saß aber der, vom Genuss großer Mengen Harzer Blasenwurst beleibte, Bauer Bernd Bause und heulte wie eine Bitterfelder Werkssirene nach einem Chemieunfall.

»Oh, weh!«, schluchzte er. »Was mach ich nur ohne den treuen Milosz, den Pawel und den Piotr, meine hochqualifizierten Spargelingenieure? Sie werden von der bösen Königin Corona in Nordpolen gefangen gehalten! Oder anders gesagt: Die hocken in Danzig und werden ranzig!«

Da sprach das gute Mädchen: »Ich will Dir helfen und diesen Spargel stechen wie eine Stechmücke deinen dicken, nackigen Popser! ... Entschuldigung, aber mir is' keen besserer Vergleich eingefallen.«

Und der beleibte Bauer Bause erwiderte: »Nee,

nee, passt schon, ich hab's ooch so verstanden …«

Und flugs stach die fleißige Cornelia Schinkentorte allen reifen Spargel und der beleibte Bauer Bernd Bause dankte ihr mit Tränen in den Augen: »Du gutes Mädchen, fast wäre ich wegen Corona pleite gegangen, aber Du hast mich errettet! Dank Deiner Hilfe kann ich nun in aller Ruhe weschen was annorn pleite gehen!«

Da ging Cornelia weiter und kam an ein kleines Biotop, das die Grafen von Leuna angelegt hatten, um sich von der Märchenpresse als Naturschützer feiern zu lassen, während an allen anderen Ecken und Enden der petrochemischen Märchenwaldindustrie giftige Plörre aus den rostigen Rohren sickerte. In diesem Biotop saß eine alte, vom Aussterben bedrohte Schildkröte, inmitten buntester, unter Naturschutz stehender Blümelein, und sie sprach: »Ich bin die Letzte meiner Art. Ich bin schon hundertfünfzig Jahre alt und genau so lange juckt's mich schon am Rücken unter meinem Panzer. Kannst Du mir nicht umständehalber ma' den Rücken schubbern?«

Da hatte die Cornelia Mitleid und brach ein dürres Ästlein von einem Baum, und der Baum sprach: »Auaaaaa! Doof oder was?« Dann fuhr sie mit dem Ästlein unter den Panzer der Schildkröte, schubberte ihr schuppiges Schulterblatt und erlöste sie so von Ihrem einhundertfünfzigjährigen Juckreiz.

Wieder ging sie weiter und kam zu einem kleinen Plattenbau, daraus guckte eine alte Frau. Weil sie aber so große Lockenwickler hatte und meterweit gegen den Wind nach Eierlikör und Hallorenkugeln roch, wurde der Cornelia Angst, und sie wollte fortlaufen.

Die alte Frau aber rief ihr nach: »Jetzt haue doch ni' glei' ab, hicks, Du bescheuerte Göre! Ich hab' aus Versehen zu viel Eierlikör gezwitschert! Ich bin voll wie der Mufti von Moskau am Stalingeburtstag! Wenn ich mein Bett selber aufschüttel', fall' ich immer aus'n Fenster! Hicks! Und mei' Schlafzimmer is' im dritten Stock. Ich brauch' manchema zwee Tage, bis ich wieder oben bin. Hicks. Und übrigens: Ich bin die Frau Holle an der Saale, und wenn Du meine Betten aufschüttelst, so dass die Federn fliegen, dann schneit es in Oberwiesental!«

Da staunte das Mädchen und fragte: »Dann schneit's in Oberwiesental? Echt jetzt? Im Sommer ooch?«

Da verdrehte die Frau Holle an der Saale genervt die Augen und sprach nach einer peinlichen Pause: »Ach, halt doch einfach die Klappe! Mein Märchenwald, meine Regeln. Und außerdem: Niemand mag Klugscheißer!«

Und weil die Alte ihr so gut zusprach, so fasste sich Cornelia ein Herz und begab sich in ihren Dienst.

Und die Frau Holle an der Saale sagte: »Also folgendes: Wenn Du meine Müslischüssel gespült hast, dann kannste glei' das Wohnzimmer staubsaugen. Ich hab' zwar keen Staubsauger, aber im Besenschrank, neben dem Schrubber, da wohnt e' Ameisenbär, der tut's ooch, Meine. Und danach sin' die Betten dran!«

Die fleißige Cornelia besorgte alles nach ihrer Zufriedenheit, saugte das Wohnzimmer, bis der Ameisenbär voll war und ging mit ihm Gassi, bis er wieder leer war. Und sie schüttelte vor allem das Bett immer gewaltig, auf dass die Flöhe, die Wanzen, die leeren Hallorenkugelpackungen, die angebissenen Hallorenkugeln, die billigen Arztromane, die zerknüllten Tempotaschentücher, die leeren Eierlikörflaschen und die Daunenfedern wie Schneeflocken umherflogen; dafür bekam sie auch ihr Handy zurück und durfte alle Tage mit dem Rabattcoupon-Sammelbuch der Frau Holle an der Saale bei McDonald's essen gehen.

Eines Tages ward die fleißige Cornelia Schinkentorte traurig und wusste anfangs selbst nicht, was ihr fehlte. Endlich merkte sie, dass ihr Handy-Akku zur Neige gegangen war und es im Haus der Frau Holle an der Saale keine funktionierende Steckdose gab.

Da sprach sie: »Ahhh! Jetzt versteh ich endlich, warum ich das Wohnzimmer immer mit'm Ameisenbären staubsaugen muss!«

Obgleich es ihr hier vieltausendmal besser ging als zu Haus, so wollte die Cornelia doch mal wieder die sozialen Netzwerke des Märchenwaldes checken, und sie sagte: »Liebe gute Frau Holle an der Saale, ich muss wieder zurück nach Meiningen ... äh ... zu den Meinigen! Mei' Akku is' nämlich alle.«

Die Frau Holle an der Saale seufzte: »Ja, ich weeß ... Ich sollte ab un' zu ma' meine Stromrechnung bezahlen. Hicks.«

Sie nahm Cornelia darauf bei der Hand und führte sie vor ein großes Tor. Das Tor ward aufgetan, und wie das Mädchen gerade darunter stand, fiel eine goldene Dederon-Kittelschürze herab, direkt über ihr Haupt und schmiegte sich an ihren Leib, dass sie von Kopf bis Fuß golden glitzerte und funkelte wie das Reinigungspersonal in der Disko. »Diese goldene Kittelschürze sollst Du haben, weil Du so fleißig gewesen bist, Cornelia! Und außerdem werden alle Bewohner des Märchenwaldes an Werktagen um sechs Uhr abends aus ihren Fenstern für Dich applaudieren!«

Darauf ward das Tor verschlossen, und Cornelia Schinkentorte war wieder zu Hause in Delitzsch-Herzegowina bei ihrer Mutter Brigitte und ihrer faulen Schwester Frauke. Als sie in den Hof kam, saß der Hahn auf seiner Lieblingshenne und rief:

*»Kikeriki!*
*Unsere goldene Cornelia ist wieder hie'!«*

Und als die Mutter hörte, wie sie zu der goldenen Kittelschürze gekommen war, da sprach sie: »Meine andere Tochter is' so faul und bleede, die is' ja nicht ma' als Briefbeschwerer zu gebrauchen! Aber vielleicht kann ich die ja auch zur Frau Holle an der Saale schicken, dann wird vielleicht doch noch was aus der ...«

Die faule Frauke musste sich nun auch an den Goldfischteich setzen und Bestellbestätigungen für Pferdeersatzteile tippen. Und weil sie dafür zu faul war, schmiss sie einfach ihr Handy in den Teich und tauchte hinterher.

Sie kam, wie schon Cornelia, in das in allen radioaktiven Farben strahlende Industriegebiet Leuna, inmitten der undurchdringlichen Salzwüste Sachsen-Anhalts. Als sie zu der Pizzabude des Luigi kam, hatte der schon wieder das gleiche Problem: Entweder eine kalte Pizza ausliefern – oder die andere verbrennen lassen.

Da sagte die faule Frauke: »Mache Dir keen Kopp, Luigi! Kümmere Du Dich um Deine Pizza Quattro Komposthaufen im Ofen und ich bringe die Pizza Napoli ins sozial benachteiligte Wohngebiet am Rande des Märchenwaldes!«

Da war's der Pizzabäcker zufrieden, er dankte dem Mädchen und ging in seine Backstube. Doch die faule Tochter dachte gar nicht daran, die Pizza auszuliefern. Stattdessen stopfte sie sich alle Pizzastücke gleichzeitig in den Mund und machte ein Selfie von sich, dass sie sogleich auf dem sozialen Netzwerk der Gebrüder Instagrimm hochlud und mit dem Hashtag #SiebenStückPizzaaufeinenStreichChallenge markierte.

Bald kam sie danach zu dem Spargelfeld und die Spargel sprachen: »Sachema, Märchenonkel, hast Du Tomaten auf den Ohr'n? Mir ham Dir schon ma' gesagt, dass Spargel ni' sprechen könn'!«

Und als der arme Bauer Bernd Bause auch der faulen Frauke sein Leid geklagt hatte, dachte sie gar nicht daran, dem verzweifelten Manne zu helfen, sondern riss zwei Spargel aus der Erde, schob sich die beiden länglichen Gemüse in die Nasenlöcher, schielte dazu und lud das Selfie inklusive des Hashtags #Nasenspargelchallenge auf Instagrimm hoch.

Dann kam sie zu dem Biotop, in dem die vom Aussterben bedrohte, einhundertfünfzigjährige Schildkröte hauste. Und weil sie von Herzen bescheuert war, rief sie: »Oooor, Blum'! Da geht mir duddal eenor ab! Das gibt bestimmt 'n tolles Foto bei Instagrimm!«
Und sie riss all die wundervollen, unter Naturschutz stehenden Blümelein mit Stumpf und Stiel aus, um sich einen albernen Haarkranz für das Foto zu flechten und sie sprach: »Na, herrlich! Hier steht ja sogar 'n Hocker!«
Und sie setzte sich auf die einhundertfünfzigjährige, vom Aussterben bedrohte Schildkröte und machte ein Selfie für Instagrimm. Bevor sie ging, schrieb sie noch schnell mit dickem Glitzer-Edding »I love Robbie Williams!« auf den Panzer der, unter ihrem Körpergewicht nunmehr tatsächlich ausgestorbenen Schildkröte.

Als sie vor dem Plattenbau der Frau Holle an der Saale kam, trat sie gleich in ihren Dienst. Am ersten Tag gab sie sich Mühe, war fleißig und brachte vierzehn Beutel voll Eierlikörflaschen zum Alteierlikörflaschencontainer, denn sie dachte an die goldene Kittelschürze, die ihr die Alte schenken würde. Am zweiten Tag aber wurde sie schon faul wie ein lang verschmähter Broccoli im Gemüsefach. Sie schüttelte auch der Frau Holle das Bett nicht, dass die Federn aufflogen – weshalb es den ganzen Sommer über in Oberwiesental nicht schneite.

Das ward die Frau Holle bald müde, und sie sprach: »Ich weeß nich, wie ich ohne Dich zurechtkommen soll, aber ich will's mal versuchen. Hicks. Du bist jefeuert!«

Die faule Frauke war das wohl zufrieden und meinte, nun würde die Alte endlich mit goldenen Kittelschürze um die Ecke kommen. Die Frau Holle an der Saale, die bis zu ihrer Geschlechtsumwandlung als Major Holle beim Wachregiment »Ingo Dubinski« gedient hatte, zog sich die alten Militärstiefel über ihre großen, haarigen Füße und führte auch das faule Mädchen zu dem Tore. Als sie aber darunter stand, fielen statt der goldenen Schürze ein Eisbeutel und zwei Aspirin herab.

Da fragte die faule Frauke: »Hä? Was soll ich denn mit dem Gelumpe?«

Und die Frau Holle sprach: »Na, warte nur ma' ab, Du kriegst noch was: Dein Arbeitszeugnis. Und damit das der Wind nicht wegweht, habe ich das für Dich in eine schöne, polierte Steinplatte gemeißelt.«

Und kaum hatte die Frau Holle an der Saale gesprochen, da fiel die schwere Steinplatte herab, direkt auf die Rübe der faulen Frauke Schinkentorte.

»Danke für nüscht!«, sagte die Frau Holle an der Saale, verabreichte ihr einen gestiefelten Tritt in den Hintern und schmiss das Tor krachend zu.

Und die Faule sprach: »Aua! So eine blöde Kuh!

Na bloß gut, dass ich 'n Eisbeutel und zwei Aspirin hab'!«

Und sie pfiff sich die zwei Aspirin ein und kühlte sich das Ei an ihrem Kopf.

Bald aber merkte sie, dass ihr Handy in der Zwischenzeit angefangen hatte zu blinken wie die Reaktortemperaturanzeige vom Märchenwaldatomkraftwerk. Und als sie ihren Account bei den Gebrüdern Instagrimm öffnete, da sah sie, dass ihre Postings aus Leuna viral gegangen waren und sie massenhaft Likes bekommen hatte und nun im ganzen sächsischen Märchenwald weltberühmt war.

Von nun an bekam sie alles gratis und von den Gebrüdern Instagrimm eine Villa am See, so viel Gold, wie sie essen konnte, und einen Werbevertrag für Pferdeersatzteile und Kosmetikartikel.

Und sie sprach: »Na super! Jetzt muss ich mir nur noch irgendwelchen Mist auf die Rübe schmieren! Und dann rennen meine Follower wie die Zombies in die Drogerie, um sich den gleichen Mist ooch off die Rübe zu schmieren! Klasse. Das lässt sich aushalten.«

Dann kam die faule Frauke heim, und der Hahn auf seiner Lieblingshenne, als er sie sah, stöhnte:

*»Kikeriki!*
*Unsere faule Frauke ist wieder hie'!«*

Und so wurde die faule Frauke als Influenzerin reich bis an ihr Lebensende, und die fleißige Cornelia musste in ihrer goldenen Kittelschürze schuften, bis sie krumm und bucklig ward und kam doch nie auf einen grünen Zweig.

Als die Bewohner des Märchenwaldes hörten, wie das Märchen ausgegangen war, da murrten sie, und sie zogen mit Mistgabeln und Fackeln zur Burg des Königs, um ihrem Unmut über den Triumph des Schlechten Luft zu machen. Da erschien der weise König Lothar Schuster der Erstbeste in seinem prächtigen Gewand auf der höchsten Zinne seiner Burg und sprach durch sein goldenes Megaphon zur Demo: »Da kann ich jetzt ooch nüscht machen, Leute. Außerdem is' mor's immer selber! Wer hatt'n die Alte geliked? Das wart doch Ihr! Also jammert nich' rum! Und Du da unten mit Deiner Pechfackel, geh nich' so dicht an mein' Buchsbaum, Du Vochel!«

Dann ging der weise König Lothar Schuster der Erstbeste wieder in seinen Thronsaal, um auf seiner diamantenbesetzten Playstation eine weitere Runde Fortnite zu zocken. Und die Menge vor dem Schloss zuckte mit den Schultern und verlief sich. Nur der harte Kern blieb noch beisammen und ging die sieben schwer erziehbaren Zwerge vermöbeln. Wie immer, wenn im sächsischen Märchenwald kein unmittelbar Schuldiger zu ermitteln war.

Aber abends, im tiefsten, finstersten, sächsischsten Märchenwald, wo Fuchs und Hase sich einen alten Latschen hinterher schmeißen, las der große, graue Wolf in seiner schummrigen, warmen Wolfshöhle seinen sieben Kindern, den sieben bösen Wölflein, die Geschichte vor. Da könnt ihr Euch vorstellen, ihr lieben Kinder, wie die sieben kleinen, bösen Wölflein gelacht haben und sie hielten sich ihre struppigen, grauen Bäuchlein und riefen: »Nochmal, Papi! Es ist so schön, wenn das Böse auch mal gewinnt!«

# Der gestiefelte Köter

*E*s war einmal ein Müller, der hieß Müller und hatte drei Söhne: Den Gottfried Gottlieb Müller, den Fürchtegott Gotthelf Müller und den schönen Kevin. Der Müller Müller hatte eine Windmühle, einen Skoda und einen alten, zauseligen Hund namens Dr. Schulz. Die Söhne mussten in der Mühle alle Arbeit tun. Der Gottfried Gottlieb Müller musste Mehl mahlen, der Fürchtegott Gotthelf Müller musste mit dem Skoda Getreide heranschaffen und der schöne Kevin musste pusten, damit sich die Windmühle drehte. Nur der Hund Dr. Schulz war zu nichts zu gebrauchen.

Als der Müller Müller starb, teilten sich die drei Söhne in die Erbschaft: Gottfried bekam die Mühle, Fürchtegott den Skoda und Kevin den Hund Dr. Schulz, weiter blieb nichts für ihn übrig. Da war der schöne Kevin traurig und sprach zu sich selbst: »So eine Scheiße, mit der Scheiße! Der Gottfried Gottlieb hat jetzt die Mühle, der Fürchtegott Gotthelf kann mit'n Schkoda zum Schkat nach Schkeuditz fahren, nur ich hab' den zotteligen Köter Dr. Schulz und der is' bekanntlich zu nix zu gebrauchen! Zweehunnort Puls habbe ich balde, do! Am besten ich schmeiß die Töle beim Tierheim über den Zaun …«

»Momentema, Amigo! Du hast wo' een an dor

115

Klatsche?!«, sprach da der Hund, der alles verstanden hatte. »Du musst mich ni' glei' bei 'n Tierheim übern Zaun pfeffern, Du Spacko!«

Da staunte der Kevin und sagte: »Dr. Schulz? Du kannst ja sprechen?«

Und Dr. Schulz antwortete: »Na klar kann ich sprechen. Ich hab' nur nie was gesagt, weil Ihr immer nur gefragt habt: ›Ja, wo isser denn? Ja, wo isser denn?‹ Das war mir, ehrlich gesagt, ze bleede, da droff ze antworten.«

Und der schöne Kevin staunte: »Na dann bist Du ja 'n ganz kluger Köter! Jetzt versteh ich endlich, warum Du 'n Doktortitel hast!«

Doch der Hund Dr. Schulz lachte: »Ach Kevin, Du Depp! Du gloobst aber ooch alles! Den Doktortitel hab' ich für zwanzsch Bit-Taler im Märchenwald Darknet gekauft. Ich bin zwar wirklich doppelt so schlau wie Du, aber das is' ja ooch keene Kunst. Dein Vater hat mich bloß immer mit gebratenem Hirn gefüttert, das is' alles.«

Da erkannte der Kevin, dass der kluge Hund die Wahrheit sprach, und er erinnerte sich an die großen Portionen Hirn, die sein Vater ausgeteilt, von denen er aber nie etwas abbekommen hatte. Und da sein Mund vom Staunen ohnehin schon offenstand, so fragte er, ohne den bereits herabhängenden Unterkiefer bewegen zu müssen: »Un' nu'?«

Der kluge Hund sprach: »Also folgendes: Jetzt gibste mir erscht ma' Deine gesamte Kohle und dann bring ich Dich groß raus! Ich bin quasi ab sofort Dei' Manager!«

Da wurde der Kevin ganz kurzatmig vom vielen Nachdenken, denn er hatte die Wahl, diesen sprechenden Hund für eine Menge Taler an einen Wanderzirkus zu verkaufen oder seinen letzten Kreuzer an den zwielichtigen Köter mit falschem Doktortitel herauszugeben. Doch weil er von Herzen dämlich war, willigte er ein und schlachtete mit dem Hämmerchen sein Sparschwein. Wie durch einen märchenhaften Zufall kam in diesem Moment gerade das tapfere Schneiderlein Ute Hermann aus Dresden-Herzegowina mit ihrer klapprigen Hochzeitskutsche um die Ecke gebogen.

Und Dr. Schulz sprach zu ihr: »Ich brauche 'n Anzug und dazu zieh' ich n' Rollkragenpullover und Cowboystiefel an. Das sieht so beknackt aus, das is' doch typisch Manager!«

Und das Schneiderlein gab ihm alles und sprang um den Köter herum wie ein Pingpongball in der Waschmaschine und rief immer wieder: »Cowboystiefel zum Anzug? Na, Sie könn' das tragen! Das macht 'n schlanken Fuß!« und «Also wer's mag, dem gefällt's!«

Dann lief der gestiefelte Köter schnell in die Küche, stahl dem Koch aus rein krimineller Gewohnheit ein Ei, holte einen großen Plastemüllsack und ein Kilo Zucker, warf den Sack über den Rücken und ging auf zwei Beinen, wie ein richtiger Mensch, zur Tür hinaus.

Damals regierte König Manfred Mehlhorn der stark Übergewichtige im sächsischen Märchenwald, und der aß für sein Leben gerne Quarkkeulchen. Es war aber eine Not im Lande, und Quarkkeulchen waren schwerer zu bekommen als Eiswürfel in der Sauna, obwohl sie überreichlich im Märchenwald herumsprangen. Das Märchenwaldökosystem war völlig aus dem Gleichgewicht geraten, weil die Knusperhexe so viele dicke Kinder gegessen hatte, dass die Quarkkeulchen keine natürlichen Feinde mehr hatten und sich unkontrolliert vermehrten.

Doch die vielen, frisch geschlüpften, zarten Jungkeulchen im Märchenwalde waren so scheu und flink, dass kein Jäger sie erreichen konnte. Und so lümmelte König Mehlhorn der stark Übergewichtige mit seinem edelsteinverzierten Feinrippunterhemd in seinem bedenklich knarzenden Thronsessel, und ihm tropfte der Zahn nach Quarkkeulchen.

Das wusste der Köter Dr. Schulz, und als er in den Wald kam, streute er den Zucker auf die Erde. Dann versteckte er sich, aß das Ei, das er dem Koch aus reiner, krimineller Gewohnheit gestohlen hatte, und lauerte mit dem offenen Müllsack. Die Quarkkeulchen kamen in Scharen herbei und hüpften tirilierend in den Zucker, um sich darin zu wälzen. Als eine gute Anzahl im Zucker war, stülpte der Köter hurtig den Sack darüber, warf ihn sich auf den Rücken und ging geradewegs zum prächtigen Plattenbaupalast des Königs.

Die Palastsecurity rief: »Du kommst hier nich' rein!«

»Orr!«, antwortete da der listige Köter Dr. Schulz und zeigte auf die Sonne. »Guckte ma' dort oben, 'ne tote Taube!« Und während die beiden pummeligen Securitymitarbeiter mit zusammengekniffenen Augen den Himmel nach der toten Taube absuchten, huschte der gestiefelte Köter durch ihre Beine und lief geradewegs in den Thronsaal vor König Manfred den stark Übergewichtigen. Dort machte er eine tiefe Verbeugung und sagte: »Ich bin der Manager ... äh ... der Privatsekretär vom Grafen Lügobald von Schwindelhausen zu Flunkerstein! Hier is'n Geschenk von meinem Chef!«

»Ich krich die Motten!«, rief da König Manfred der stark Übergewichtige, denn er hatte die Süßspeise bereits durch den geschlossenen Plastemüllsack gewittert. »'n ganzor Sack Quarkkeulchen!«

Etwa zwei Minuten und acht Quarkkeulchen später fuhr der König fort: »Diese Quarkkeulchen schmecken so köstlich, als hätte einem ein Engelchen auf die Zunge gemacht! Da tanzen ja die Geschmacksknospen Polka!« Und er wusste sich vor Freude nicht zu fassen und befahl dem gestiefelten Köter, so viele Taler aus der Sockenschublade in seinem Schlafzimmer in seinen Sack zu tun, wie er nur tragen könne. Und Manfred der stark Übergewichtige sprach: »Ich weef, mip pfollem Munde pfricht man nich', aber die Kohle bringste dem Grafen Lügobald als kleenes Dankeschön, dassor die Quarkkeulchen nich' einfach alleene gefressen hat!«

Der arme, schöne Müllerssohn Kevin Müller aber lag zu Hause mit dem Gesicht im Spaghettiteller, weil ihm beim Essen urplötzlich klar geworden war, dass er sein letztes Geld für Hundecowboystiefel ausgegeben hatte und der hochstapelnde Köter mit falschem Doktortitel wahrscheinlich sowieso schon über alle sieben Berge war. Da flog die Türe auf und der gestiefelte Köter Dr. Schulz kam schwanzwedelnd herein und warf mit güldenen Talern nur so um sich.

»Glückauf vom König – und danke für die Quarkkeulchen!«, bellte er, und er machte vor lauter Freude versehentlich ein kleines Pfützchen auf die Auslegeware.

Der schöne Müllerssohn Kevin Müller war froh über den plötzlichen Reichtum, und Dr. Schulz bestellte erst mal eine Pizza Quattro Hundeknochen beim Pizzabäcker Luigi in Leuna.

Und während der Köter Dr. Schulz seine Pizza mampfte und seine Stiefel auszog, sagte er: »Jetzt kannste 'n Peter Zwegat für's Erschte wieder abbestellen, mei' Gudor! Und morgen ziehe ich meine Stiefel wieder an, dann machen wir ma' 'n richtig fetten Fischzug; dem König habe ich nämlich weisgemacht, dass Du der Graf Lügobald von Schwindelhausen zu Flunkerstein bist!«

Da sprach der schöne Kevin: »Das kann ich mir abor ni' alles off een ma' merken!«

Am andern Tag ging der Kater, wohl gestiefelt, wieder auf die Jagd, reichte dem König wieder einen ganzen Plastebeutel voller Quarkkeulchen und bekam einen Sack voll Taler zum Dank. So ging es tagein, tagaus. Und König Manfred Mehlhorn der stark Übergewichtige wurde runder und runder, und wenn er in seinem bedrohlich ächzenden Thronsessel Platz nahm, dann sah man, zur Rechten, wie zur Linken, einen halben Schinken heruntersinken.

Einmal schlich der Köter Dr. Schulz gerade durch die Burgküche und wollte aus rein krimineller Gewohnheit dem Koch ein Ei stehlen, da kam der Chauffeur und fluchte: »So eine Scheiße, mit der Scheiße! Der König und seine Bitch von einer Tochter geh'n mir tierisch off die Ketten! Da haste eema genug Leute zesamm' für 'ne Counterstrike-LAN-Party, und dann soll ich die zwei Blödköppe spazieren fahren, an die Märchentalsperre Pöhl! Zweehunnort Puls hab' ich balde, doo!«

Wie der gestiefelte Köter das hörte, rannte er nach Haus und sagte zu seinem Herrn: »Los, schöner Kevin! Mir geh'n schwimm'!«

Der Müllerssohn wusste nicht, was er dazu sagen sollte, so wie er eigentlich nie wusste, was er zu irgendwas sagen sollte, doch folgte er dem Köter zum See, zog seinen kleinen Müller blank und sprang pudelnackig ins Wasser. Der Kater aber nahm die Kleider des schönen Kevin und schmiss sie in den nächstbesten Gulli. Da kam schon König Manfred Mehlhorn der stark Übergewichtige angaloppiert, und der XXL-König betätigte in seinem goldenen Wartburg den Schleudersitz und machte, wie es seine Gewohnheit war, eine royale Arschbombe mitten in den See hinein.

Der Köter lief stracks zu ihm hin, als der König mit Tang hinter den Ohren, einem Barsch zwischen den Zähnen und schnaufend wie ein Walross wieder ans Ufer robbte.

Sogleich fing der Köter Dr. Schulz an, erbärmlich zu lamentieren: »Ach! Allergnädigster König! Der Tsunami, den Ihro Majestät mit Ihrer königlichen Arschbombe auszulösen beliebten, hat die Kleider meines Herrn weggeschwemmt! Nun ist der Herr Graf im Wasser und kann nicht heraus, denn sonst würde Ihre Tochter seinen kleinen Müller sehen, der aufgrund der Wassertemperatur wahrscheinlich noch ein bisschen kleiner ist als sonst. Bleibt mein Herr aber im Wasser, so wird er sich erkälten und sterben. Oder was noch Schlimmeres!«

Wie der König das hörte, musste einer seiner Leute zum Plattenbaupalast zurückjagen und des Königs Kleiderschrank auf dem Buckel herbeischleppen. Sehr zum Ärger der Königstochter, die nach all dem Gerede um den kleinen Müller des Grafen neugierig geworden war und den merkwürdigen Wassertemperaturanzeiger gern selbst begutachtet hätte. Im Kleiderschrank aber waren goldene Jeans und diamantbesetzte Sneakers, die der falsche Graf eilig anzog und nun aussah, als wäre er wirklich von adeligem Blute. Und weil ihm der König ohnehin wegen der Quarkkeulchen gewogen war, so durfte er sich zu ihm in seinen goldenen Wartburg setzen. Die Prinzessin Sindy Mehlhorn war auch nicht bös darüber, denn der vermeintliche Graf war jung und schön und hatte sein Thermometer am rechten Fleck. Da zog sie sogleich ihr diamantbesetztes Handy heraus, um den Grafen zu googlen.

Der Köter Dr. Schulz aber war vorausgegangen und zu einem großen Parkplatze gekommen, wo über hundert Luxuskutschen mit glänzenden Radkäppchen standen. Da legte der listige Köter ein gefaktes Internet-Profil für den Grafen Lügobald an, und zwar bei Instagrimm, dem sozialen Netzwerk der Gebrüder Grimm. Und unter dem Namen »TherealGrafLügobald« lud er ein Foto der Luxuskarossen hoch und schrieb dazu den Hashtag #GrafLügobaldsZweitwagen. Die vielen teuren Kutschen aber gehörten einem bösen Zauberer, der den ganzen Märchenwald terrorisierte und der schon viele Bewohner verhext und verwandelt hatte, z. B. Jungfrauen in Frauen.

Als nächstes kam der gestiefelte Köter an einer Koppel vorbei, die auch dem bösen Zauberer gehörte, auf der ein prächtiger schwarzer Araberhengst namens Günter stand, der glühende Augen hatte und vor lauter Pferdestärke aus seinen glänzenden, schwarzen Kühlrippen dampfte. Auch das stolze Ross fotografierte der gestiefelte Köter und lud das Foto mit dem Hashtag #GrafLügobaldsMoped bei Instagrimm hoch. Dann kam er an ein Meer, dass sich bis zum Horizont erstreckte und er fotografierte es und versah es mit dem Hashtag #GrafLügobaldsSwimmingPool.

Dann aber kam er zu dem Schloss des bösen Zauberers, trat keck hinein und stellte sich breitbeinig vor dem Zauberer auf.

Der böse Hexer sah ihn verächtlich an und fragte: »Hast Du Dich verloofen, Du Vochel?«

Und der gestiefelte Köter Dr. Schulz sprach: »Ja hier, lieber, böser Zauberer! Ich hab' in der Märchenpresse gelesen, Du könntest Dich in alles verwandeln, was Du willst! Aber, ma' ehrlich, das gloobt doch keene Sau! Sowas gibt's doch nur im Märchen ... Ich meene, sich mal in sowas Kleenes wie 'ne Bockwurscht oder 'ne Klobürschte zu verwandeln, das kann ja praktisch jeder – aber, dass Du Dich in was richtig Großes verwandeln kannst, das gloobe ich Dir einfach nich'!«

Doch der böse Zauberer lachte hämisch und rief: »Ich kann mich verwandeln, in was ich will!«, und weil ihm nichts Gescheites auf die Schnelle einfiel, verwandelte er sich zum Beweis in ein Trafohäuschen und brummte elektrisch vor sich hin.

»Nich' schlecht!«, rief da der Köter. »Aber kannst Du Dich auch in eine stark behaarte ukrainische Balletttänzerin verwandeln?«

Doch kaum hatte er gesprochen, da verwandelte sich das Trafohäuschen in die berühmte, ukrainische Primaballerina Ludmilla Herumhüpferowa und drehte Pirouetten wie ein gaskranker Brummkreisel.

»Du bist ja gar nich' so bleede, wie Du aussiehst!«, sagte der gestiefelte Köter anerkennend. »Aber eine Sache kannst Du garantiert nich! Ich gloobe erscht, dass Du zaubern kannst, wenn Du Dich hier an Ort und Stelle in einen Briefträger verwandelst!«

Der Zauberer sagte stolz: »Briefträger is 'ne leichte Übung! Das kann ich mit zugebundenen Oogen!« und war im gleichen Augenblick in einen Postboten verwandelt.

Doch wie der so vor seiner Nase herumsprang und

mit Einschreiben wedelte, ließ der gestiefelte Köter seinen hündischen Instinkten freien Lauf – und fraß den Briefträger mitsamt Haut, Haaren und Posttasche. Da war es um den bösen Zauberer geschehen!

Der König aber war mit dem Müllerssohn Kevin alias Graf Lügobald und der Prinzessin weiter spazieren gefahren, und nun wollte er mal mit ihm über seinen gestiefelten Privatsekretär reden.

»Sagema, Graf Lügobald ...«, sagte der König, »was stimmt denn nich' mit Dein' Privatsekretär Dr. Schulz?«

»Wieso?«, fragte der falsche Graf ganz erstaunt »Was soll 'n sein mit dem?«

»Naja ...«, fuhr der König fort. »Ich meene, ich hab' ja nix gegen 'n Küßchen off die Wange zur Begrüßung. Aber Dein Dr. Schulz übertreibt's bissel. Von dem krieg ich immer 'n extra nassen Zungenkuss quer übers ganze Gesicht. Und dann leckt er mir immer die Hand! Und rasier'n könnt der sich ooch ma'. Das is doch nich' normal.«

Doch der Müllerssohn wusste nicht, was er sagen sollte, denn er hatte Angst, als schäbiger Hochstapler mit einem verkleideten Hund aufzufliegen.

»Und immer, wenn ich was wegschmeiße, bringt er's mir zurück. Manchma' denk' ich, der hat Lack gesoffen ...«

Der Müllerssohn war ganz starr und still, und der kalte Schweiß lief ihm in den Kragen, als der König fortfuhr: »Un' dann hab' ich mir ma' die Überwachungskamera in der Küche angeschaut. Der Dr.

Schulz klaut dem Koch ganz offensichtlich Eier! Ich denk ich seh' nich' richtig. Un' neulich«, sprach der König weiter, »da hatte ich zwee Kaiser und 'ne Päpstin zum Abendbrot und da legt sich der Dr. Schulz einfach untern Tisch und leckt sich'n Hintern! Das is' doch ziemlich verhaltensoriginell für'n Privatsekretär am Königshof, findeste nich'?«

Der schöne Kevin Müller alias Graf Lügobald stammelte nur schnell etwas von Fachkräftemangel, doch zu seinem Glück kam der goldene Wartburg des Königs in diesem Augenblick zu dem Parkplatz mit den hundert Luxuskarossen gefahren. Und weil die Königstochter im gleichen Moment Graf Lügobalds Fake-Profil auf Instagrimm gefunden hatte, rief sie: »Schau mal, Papi! Graf Lügobalds Zweitwagen!«

Und der König sprach zum Kevin: »Na, Du musst ja Geld ham! Da kann ich mit mein' goldenen Wartburg ja einpacken!«

Danach kamen sie zu dem vollgetankten Araberhengst und die Königstochter sah das Pferd auf Graf Lügobalds Instagrimmfakeprofil und rief: »Schau mal, Papi! Graf Lügobalds Moped!«

Und der König sprach: »Also nix gegen meine goldene Simson, aber 'm Lügobald sei' Moped is' doch noch 'ne ganze Ecke schärfer als meins!«

Dann kamen Sie zu dem Meere und die Prinzessin rief: »Schau mal Papi! Graf Lügobalds Swimmingpool!«

Da staunte der König und sprach: »Leck mich fett … die Wasserrechnung möcht' ich lieber gar nich' ersch seh'n!«

Endlich kamen sie an das Schloss, das bis vor kurzem noch dem bösen Zauberer gehört hatte, und der gestiefelte Köter stand oben an der Treppe. Und als der goldene Wartburg wiehernd unten hielt, sprang er herab, machte die Türe auf und sagte: »Herr König, das hier is' die Butze vom Grafen Lügobald von Schwindelhausen zu Flunkerberg! Kommse rein, nehmse sich 'n goldenen Keks.«

Der König stieg aus und verwunderte sich über den prächtigen Plattenbau, dessen Platten nicht ganz so schlampig und schief verfugt waren wie an der königlichen Plattenburg.

Der Graf Lügobald von Schwindelhausen zu Flunkerstein führte die Prinzessin die Treppe hinauf, in den prächtigen Plattensaal des Plattenpalasts, ging zum Plattenschrank und legte eine goldene Schallplatte des Plattenbauorchesters auf den Plattenspieler mit diamantener Nadel. Und während die gefühligen Melodien des Plattenbauorchesters erklangen, sprach der schöne Kevin zur Prinzessin Sindy Mehlhorn: »Ich gloobe, Du bist mit Abstand die schärfste Schnitte im gesamten sächsischen Märchenwald! So wahr ich der Graf Lügobald von Schwindelhausen zu Flunkerstein bin!«

Und als sie erwiderte »Das kann ich mir aber ni' alles off een ma' merken!«, da ward die Liebe in ihm entfacht, denn sie war jung, schön, gesund, genauso doof wie er und machte auch ansonsten einen insgesamt gebärfreudigen Eindruck. Und so wurde der Müllerssohn mit der Königstochter vermählt und sie bekamen sieben schöne, doofe Kindelein.

Als König Manfred Mehlhorn der stark Übergewichtige eines Tages das entscheidende Quarkkeulchen zu viel gegessen hatte, da platzte er mit einem lauten »Plopp«. Und der falsche Graf bestieg das, was vom Thron nach der Explosion des Herrschers übriggeblieben war und ward sein Nachfolger und König über den sächsischen Märchenwald. Der gestiefelte Köter aber wurde sein erster Minister. Und so lebten alle glücklich und zufrieden vor sich hin und waren so reich, dass sie für alles Angestellte hatten und nicht mal mehr selbst in der Nase bohren mussten.

Nur manchmal plagten den jungen König Lügobald Skrupel und er sprach zum gestiefelten Köter Dr. Schulz: »Also wenn mir ma' ehrlich sind, mir sin' doch eigentlich die größten Gauner im ganzen Märchenwald. Erscht ham mir bein König Manfred mit'n falschen Adelstitel hochgestapelt, ham im Internet gelogen wie zehn Rechtsanwälte auf Betriebsausflug, und dann ham mir den bösen Zauberer abgemurkst und sei' Haus geklaut. Und nu' bin ich König. Ich meine, das ist doch wirklich keene Geschichte, die mor irschendwem erzählen sollte. Schon gar nich' Kindern!«

Da nahm der gestiefelte Köter Dr. Schulz einen tiefen Zug von der dicken Havanna-Zigarre, die er sich gerade zum Cognac angezündet hatte und sprach: »Dann erzähl die Geschichte doch einfach niemandem. Und außerdem: Lieber reich und 'n schlechtes Gewissen, als arm und ehrlich.«

Da war's der schöne Müllerssohn Kevin Müller,

jetzt auch bekannt als König Lügobald von Schwindelhausen zu Flunkerstein, zufrieden. Und weil er in der Schule gefehlt hatte, als die Moralphilosophie durchgenommen wurde, ging er einfach ins Bett. Der gestiefelte Köter Dr. Schulz aber blieb noch lange vor dem knisternden Kamin sitzen. Doch von Zeit zu Zeit hörte man ihn durch das ganze Schloss laut lachen. Und zwar immer dann, wenn er daran dachte, dass er in Wirklichkeit ein mexikanischer Kojote namens Gonzales war. Und dass CSI-Märchenwald und die SOKO Leipzig-Herzegowina ihn niemals erwischen würden, obwohl er in siebenundvierzig Märchenstaaten mit Haftbefehl als Eierdieb gesucht wurde.

Aber auch das, liebe Kinder, ist eine Geschichte, die man vielleicht besser für sich behält …

Dieses Buch basiert auf Sachsens lustigstem Podcast:

**Die RADIO PSR Sinnlos-Märchen
mit Steffen Lukas**

Alle bisherigen Geschichten
und immer neue Folgen hören Sie auf
www.radiopsr.de und in der mehrPSRApp.

Scannen Sie mit der Kamera Ihres Smartphones
einfach diesen QR-Code und schon geht's los.

*Viel Spaß beim Hören!*